汤姆·斯威夫特 在 核火洞穴

【英】维克多·阿普尔顿 II　文
燕锐锋　等图
刘庆双　等译

江西·南昌
江西科学技术出版社

图书在版编目（CIP）数据

汤姆·斯威夫特在核火洞穴/(英)维克多·阿普尔顿Ⅱ文；燕锐锋等图；刘庆双等译. -- 南昌：江西科学技术出版社，2018.3（2024.1重印）

（汤姆·斯威夫特丛书）

ISBN 978-7-5390-5866-5

Ⅰ.①汤… Ⅱ.①维… ②燕… ③刘… Ⅲ.①儿童故事-英国-现代 Ⅳ.①I561.85

中国版本图书馆CIP数据核字(2017)第046868号

国际互联网(Internet)地址：http://www.jxkjcbs.com
选题序号：KX2016058
责任编辑：郭绪书
特约编辑：廖旖晨

汤姆·斯威夫特在核火洞穴
TANGMU SIWEIFUTE ZAI HEHUO DONGXUE

〔英〕维克多·阿普尔顿Ⅱ 文；
燕锐锋 等图；刘庆双 等译

出版发行	江西科学技术出版社
社址	南昌市蓼洲街2号附1号
	邮编：330009 电话：（0791）86623491 86639342（传真）
印刷	三河市嵩川印刷有限公司
经销	各地新华书店
开本	700mm×1000mm 1/16
字数	114千字
印张	11
版次	2018年3月第1版 2024年1月第2次印刷
书号	ISBN 978-7-5390-5866-5
定价	39.00元

赣版权登字-03-2017-41
版权所有 翻印必究
（赣科版图书凡属印装错误，可向承印厂调换）

前言 QIANYAN

　　人总是离不开阅读，特别是在现代化信息时代，阅读无疑更是我们难求的一片宁静港湾，让我们有机会去感受、去体悟、去反思、去认证我们的这个世界和未来的世界。

　　科幻小说是一种起源于近代西方的文学体裁，在尊重科学结论的基础上进行合理设想后形成的文学作品，具备"逻辑自洽""科学元素""人文思考"三个要素。科幻小说与一般的传统小说不同，其特殊性在于它与科学技术的发展有着直接的联系，能让读者间接了解到科学原理。但它又是一种文艺创作，它扎根于社会现实，反映社会现实中的矛盾和问题，在科学技术发展的方向上，提供若干有参考价值的预见。有时，某些科学发明尚未出现，科幻小说里则已经进行生动的描绘，如潜水艇、机器人和宇宙航行等。

　　著名文学评论家布哈伊·哈桑曾说，科幻小说可能在哲学上是天真的，在道德上是简单的，在美学上是有些主观的，或粗糙的，但就它最好的方面而言，它似乎触及了人类集体梦想的神经中枢，解放出我们人类这具机器中深藏的某些幻想。

阅读科幻小说至少让我们有如下的感受：

一、文学的轻松愉悦

科幻小说的主题非常明显，它会涉及"未来"和"未知"、"科学"和"规律"、"生命"和"文明"、"生存"和"冒险"等等，每一本科幻小说都是一个全新的世界，每一次阅读都是一段全新、充满惊喜的精神旅程。

二、科学与严谨的想象

爱因斯坦说过，想象力比知识更重要，因为知识是有限的，而想象力概括着世界上的一切，推动着进步，并且是知识进化的源泉。通过阅读科幻小说，感悟其中的想象力，在人文、哲理的思索上，在思想道德意识的增强上所起到的作用是潜移默化的、是发散性的，其威力是不可估量的。

三、引发科学与理性的思考

科幻小说中的"科学方法"是一种有系统地寻求知识的程序，涉及"问题的认知与表述""观察与实验搜集证据""假说的构成与测试"。简单地说就是一个科学理论要经过观察、解释、预测、确认、评估、发表的程序，才能从一个假设发展成原理。科幻小说的"理性思考"就是遵从客观规律、进行逻辑分析的思考方式。

《汤姆·斯威夫特》系列曾是国外流行的科普小说，书中很多的科幻内容今天都已经变成了现实，它曾影响了几代读者，它伴随了很多人的成长。现以中文出版此书，相信书中的情节与科学，也会给中国读者带来同样的快乐体验。

目录 MULU

第一章	诡异之光	001
第二章	丛林异象	008
第三章	撞击惊魂	017
第四章	伪造签名	025
第五章	疯狂追捕	032
第六章	警方询问	038
第七章	神秘逃亡	042
第八章	意外一跳	049
第九章	临别之惊	058
第十章	惊魂六小时	064
第十一章	防守行动	071
第十二章	黑魔法	077
第十三章	愤怒的美洲豹	085

第十四章	敌人归来	091
第十五章	"戴上头盔！"	097
第十六章	紧张时刻	102
第十七章	雌狮当道	108
第十八章	磷光岩石	114
第十九章	发明家的梦想	121
第二十章	恐怖坠落	129
第二十一章	失踪的探险者	134
第二十二章	求救信号	141
第二十三章	土著袭击	149
第二十四章	自然的馈赠	156
第二十五章	惊喜之胜	165

第一章　诡异之光

"怎么了,巴德?你看起来很担心。"

"汤姆,我是很担心。你看,你的试验对象来自另一个世界,而你对它一无所知!"

汤姆朝巴德微笑着说:"这样岂不是更有趣!"汤姆·斯威夫特身材高大,皮肤白皙,是个年轻的发明家,他大名鼎鼎的爸爸领导着斯威夫特企业集团这家产业庞大的研发公司。一旁健壮的青年是他的朋友巴德·巴克利。这两个十八岁的男孩正在汤姆位于斯威夫特企业集团的专用实验室中。

"想想这东西爆炸了会怎样。"巴德怀疑地盯着一根不透明的试管说,这支奇怪的试管来自一艘火箭船,发射火箭船的太空生物曾和汤姆交流过。巴德将这根试管放在靠近实验室中央的小桌子上,并在试管上方安装了一个体型庞大、结构复杂的相机,旁边是个黑色球形机器。

"那个机器是什么?"巴德好奇地问。

"爸爸发明的。"汤姆回答,"高能波发生器,爸爸叫它X发生器。记得我们发现那艘航天火箭的时候吗?这台机器能透视,可以看到火箭的每个角落,但是,它看不透这些不透明试管。"

"怎么可能忘？"巴德轻笑道，"那次探险真过瘾！我们从那回来后，你就没说过别的，一直在研究探险带回来的这支试管。"

汤姆大笑起来，说："好啦，朋友，我错了。现在，我想知道X发生器产生的射线能不能对试管起作用，让相机拍到试管里面。"

"你把我的好奇心勾起来了。"巴德燃起万分热情，"开始吧。"

汤姆走到金属储物柜前，取出两套防辐射服，递给巴德一套。两人各自穿上，并戴上配有大块铅玻璃面罩的头盔。接着，汤姆首先走向桌子。

"准备好了吗？"他问。

"放马过来吧！"

汤姆打开那个特殊装置，机器的嗡嗡声取代了满屋的寂静。他把频率控制设为半功率后，两人密切观察起试管。

试管开始发光——一开始是黄光，然后是蓝光，接着是白光——最后越来越亮，直到汤姆和巴德不得不转过脸以免亮光刺瞎双眼。随后，亮光逐渐变暗，整个实验室沐浴在冷光之中，紧接着，奇异的彩虹色笼罩了房间。

让他们吃惊的是，在这种光线的笼罩下，房间里各种东西都开始变形，金属工具和玻璃烧瓶似乎正在融化！

"好家伙！"巴德喊道，"这……这是怎么回事？"

"不知道。"汤姆回答，"从没见过这种情况。"正说着，

他发现自己的面罩正在变黑!"我们最好离开这儿!"汤姆提醒说。

"我看不见了!"巴德叫道,恐惧攫住了他。

汤姆马上安慰巴德,他向巴德保证,只要立刻离开实验室,他们就会平安无事。

"但是我……我感觉……要睡着了。"巴德慢慢地说。

"挺住!"汤姆鼓励道,但他自己也开始有困意了。"我们遇到麻烦了,巴德。朝门那边走!防护服正在失效!快点离开这儿!"

汤姆摸索着前行,因为看不见,他被绊倒,跌到工作台上,又摔倒在地。他绝望地向前爬着,直到手碰到桌腿。

试管和射线发生器就放在桌子上!汤姆挣扎着保持清醒,凝住心神,发疯似的摸索,找到了电源按钮,关掉了它。

与此同时,巴德也挣扎到了门口。"汤姆,出口——在这!"他叫道,"顺着——我的——声音——过来!"

"我就在你身后。快出去!"汤姆命令道,他自己也到了门口,蹒跚着走到走廊。

汤姆取下头盔,急忙奔到巴德旁,巴德正靠着墙,手里拿着面罩。

"快!"汤姆命令,"跟我来!"

巴德忍着眼睛的刺痛,跟着汤姆来到走廊尽头一间稍小的实验室,里面有汤姆的一个最新发明——放射性探测器,能检测一段时间内人体组织吸收的辐射量。

汤姆迅速往巴德胳膊上贴了四根电线,电线另一端连接着一个复杂的仪表，随后按下开关，调好刻度，看着辐射指示器上的指针跳了起来。

"结果如何？"巴德问道，几乎害怕听到答案。他吸收的辐射量致命吗？

汤姆微笑着，舒了一口气："还好，你没事。你只吸收了150毫琴伦的辐射，吸收约450毫琴伦时人才会有危险。"

然后汤姆给自己也检查了一下，尽管他吸入的辐射量高一点，但仍在安全范围内。

"还好，我们那时出来了。"巴德感叹道，转过脸笑着对汤姆说："你说，我们不会在黑暗中闪闪发光？那接下来怎么办？"

"巴德，我准备回那个实验室。"

"什么！"巴德惊讶极了，"你疯了吗？"

"现在辐射已经低了。"汤姆答道，"不过，我得确保那间房间没有危险。"

巴德扶额道："好吧，天才少年，你是老大。但我会陪你的！走吧！"

汤姆从设备寄放处拿出两套新的防辐射服。给自己和巴德穿上，而巴德则拿上一个盖格计数器。

"我们最好带上几个铅玻璃灯泡。"汤姆说，"我敢打赌那些普通灯泡里的灯丝都被辐射破坏了。"

穿着防护服看起来就像宇航员的两人沿着走廊走到实验室，然后停下来，把一些灯泡换成铅玻璃的，再环顾四周。

"嗨！"巴德叫道，"这里还是很热啊！听听盖格计数器！

我们是不是该离开这儿了？"

"我们穿着防护服，暂时没事。"汤姆安慰道，"射线和之前相比已经弱了很多，但是一会儿我们得用镉盐溶液彻底清洗这个房间。"

汤姆从被辐射变形的金属制品和玻璃碎片上取了些样品。"我们去旁边房间检查下这些东西吧。"他说，"巴德，你带上不透明试管好吗？"

关上灯，汤姆和巴德离开了这个房间。在旁边实验室里，汤姆仔细检查了这些畸形的样本，发现非常坚硬。"整件事情都太奇怪了。"他说，"我要给放射部的人打个电话。"

汤姆召集了企业集团放射技术部的员工，帮他确定不透明试管里物质的原子结构。他们发现这种物质中含有一种新的硅同位素。

"简直难以置信！"汤姆惊呼道，"这是一种全新的同位素！"

巴德扬起眉毛，说："当然了，这支试管根本就不是地球上的。"

汤姆轻笑出声，他明白巴德的意思。

"还是不可思议。"汤姆继续说，"硅的原子质量为28，已知同位素有三种，原子质量分别为28、29、30，而试管中的是33！"

"就是说试管中的这个差点把我们变成两个人体霓虹灯？"巴德笑着问道。

汤姆耸了耸肩，说："我还不知道，还要做些研究。"

正说着,电话响了,汤姆拿起听筒。

电话那端,他爸爸的私人秘书特伦特小姐说:"汤姆,克雷格·本森在线上。"

"克雷格·本森!"汤姆重复道,他吃惊得下巴都要掉了,因为克雷格是个飞行员,两年前在非洲失事,从此再无消息。

一个低沉愉悦的嗓音从电话那端传来:"是汤姆吗?接到我的电话是不是很吃惊?……我从你家打过来的。我刚到,想和你还有你爸爸谈谈。"

"克雷格!真的是你!"汤姆惊道,"我和巴德半小时内到家。真是太好了!"

克雷格曾是这家公司的飞行员,后被外国政府借调去开辟一条空中货运航线。在执行任务的一次飞行中,飞机失事了,他们曾对失踪飞机进行过一次广泛搜寻,但宣告无果。但从那时起,那条空中航线便开辟完成了。

汤姆把电话放在支架上,转头告诉巴德这个令人震惊的消息。巴德和汤姆一样吃惊:"克雷格一定有很多故事要讲。"

他们乘坐巴德的敞篷车动身去汤姆家的时候已是日落时分,到达后,他们将车停在车库,跨过草坪,穿过房子周围的磁力警报场,他们腕表上的特殊圆环能让他们穿过磁场而不触发警报。

在汤姆宽敞舒适的家里,他们见到了汤姆的爸爸斯威夫特先生,他身形高大,十分英俊,汤姆简直就是他的翻版。斯威夫特先生带他们走进藏书室,克雷格·本森正在那里等候。克雷格是个二十四岁的年轻人,高大结实。

"我活生生地站在这儿。"他笑着说,然后他严肃地补充

第一章 诡异之光

道,"一到这个国家,我就来找你们了,因为有件会让你们震惊的事要告诉你们。我在丛林里找到一些东西,你们肯定想去调查清楚。"

汤姆还来不及回应,他的妈妈就进来宣布开饭了。汤姆的妈妈身材苗条,眼睛明亮,一笑十分迷人。"很抱歉打扰你们。"她说,"不介意的话,你们可以在餐桌上继续谈。"

她带着大家来到了餐厅,汤姆十七岁的妹妹桑迪正在那里等着。桑迪是个漂亮女生,巴德很仰慕她。另一位客人是频繁和汤姆约会的菲利斯·牛顿,她是个时髦的女孩,她的爸爸奈德·牛顿是著名的斯威夫特工程公司负责人,也是斯威夫特先生一生的挚友。

大家落座,做完祷告后,汤姆急切地说:"来,讲讲你的故事吧,克雷格!"

飞行员笑着说:"哈,这和史上最大最奇怪的失踪案有关!"

第二章 丛林异象

"故事开始于飞机逝世后，"饭桌上的众人聚精会神地听着，克雷格讲道，"飞机失事后，我在中非着陆。一些来自玛巴维基部落的土著救了我，把我带到他们的村子里精心照料。"

"我恢复后，"克雷格说，"土著也不让我离开。大概是因为我从天上掉下来没死，他们把我当成某种小神灵了吧。"

斯威夫特一家和客人们都笑了，汤姆说："我想你肯定受到了特殊对待。"

"的确，他们告诉我部落的许多秘密。其中一个关于那里的一座山，他们的禁地。"

这位飞行员讲道，有个夜晚，他在那里参加过一个宗教仪式，地点就在一座大山附近。克雷格发现所有土著都向这座山敬畏地鞠躬，他一抬头，看到奇怪的一幕。"一些气体从斜坡上的裂缝里冒出。"他说，"它燃烧着——真的在燃烧——发出明亮的绿光！"

汤姆身体前倾着，好奇心都被这个故事勾了起来。再看其他人，每个人都听得忘了吃饭。

"土著对这些气体一无所知。"克雷格说，"只知道那是住在山下的火神发怒的征兆。我决定试着弄明白这种现象究竟是怎么回事，所以我在一个晚上偷偷溜出去对这座山探索了一番。"

"你知道这种气体是什么了吗？"汤姆问。

"没有。我想这个任务就要交给你了，但这也许是你试过的最难的事情。"

"为什么这么说？"

克雷格说他从飞机残骸中抢救出氧气瓶，来储存些这种气体用来研究。"路途很长，我带上了水壶和一个装了食物的陶罐。"

克雷格说，他经过漫长的等待，才等到了那种气体喷发，然后，他将所有容器放在裂缝边，自己去一个遮蔽处睡觉。"早上，我回到那里时，已经没有任何容器的踪迹了，但它们不可能被偷走，因为那座山是禁地，所以我认为一定是气体让这些容器消失了。"

"非洲黑魔法！"桑迪激动地说。

克雷格咯咯地笑了："我承认，看起来是那样。为了确认，我又拿了一些容器，再次进行试验。这次，我一直看着，直到燃烧的气体出现。果然，这些容器消失了——在发出的强烈白光中。"

"听起来很奇妙！"斯威夫特先生说道。

汤姆和巴德对视了一下，他们俩都想起了实验室里的经历。那里的物体已经开始变形，如果试验继续，那些物体会不会完全消失？

汤姆想知道非洲大陆的那座山下发生了什么奇异现象，产生物质的组成和来自另一星球试管里的物质一样吗？

故事讲到这里，一行人已经结束晚餐，来到图书馆，在那里，克雷格仔细讲述了他是如何被驱逐出当地村庄的：因为他无视禁忌。他历经长途跋涉，备受折磨，才重返文明世界，最终搭乘远洋货轮回到A国。

"真是令人吃惊的故事。"斯威夫特先生说。

菲利斯问道："那座山长什么样？"

"我有一些照片。"克雷格回答，并解释说他成功地将相机从飞机残骸里抢救了出来。

其他人立刻去要看他从钱包里拿出的照片。

汤姆和他的爸爸注意到，山周围没有植物生长，附近所有的景物都笼罩在大雾中。

父子俩交换了一个意味深长而担忧的眼神。

"你说的那种气体肯定是由某种核反应产生的。"斯威夫特先生慢慢说，"所有证据都能表明这点——容器消失，没有植物生长，还有雾化的图片。"

"是的。"汤姆说，他神色凝重，转向克雷格问道："你在那个有发光气体的地方待了多久？"

这位飞行员似乎被这个问题吓到了。他皱了会儿眉，然后回答："我在那里待的时间加在一起肯定有十个小时。怎么了？"

"不是我们危言耸听，"斯威夫特先生把手放在克雷格肩上，说，"但我和汤姆有理由认为你可能已经暴露在那些气体产生的强辐射之中了。"

斯威夫特建议克雷格同汤姆到实验室进行辐射检测，克雷格毫无异议。

当他和汤姆赶往公司时,斯威夫特先生给公司的辛普森医生打了电话,让他去见汤姆和克雷格。汤姆刚把检测器的线绕到克雷格胳膊上,医生就到了。

汤姆介绍两人互相认识,然后校准了控制面板的标度盘。指示器闪烁着,三人都凝视着指针,超过了200毫伦琴。

"你似乎吸收了超剂量的辐射。"辛普森医生说。

克雷格面色苍白,用紧张的眼神看着医生。"这剂量致命吗?"他问。

"没有,孩子。"医生微笑着说,"实际上没有听起来那么糟糕。你只要休息几天,加上氯化钠和氯化钾疗法,就能恢复健康了。"

"唔!"克雷格困难地咽下口水说,"你让我担惊受怕了好一会儿!"

辛普森医生将克雷格安排在公司的医务室进行氯化物治疗后,交代汤姆,要保证他的朋友至少有一周的充足休息时间,还要呼吸新鲜空气。

汤姆给妈妈打电话,问克雷格能否住他们家的客房。

"当然可以,"妈妈热情地答道,"知道他没事儿真是太高兴了!"

二人回到汤姆家时,得知桑迪和巴德知道克雷格身体状况还好后,已经去了菲利斯家。

情况稳定下来后,斯威夫特一家都急切地想知道克雷格更多的故事。

汤姆和克雷格都坐进了舒服的椅子里后,"我承认这个故事让我着迷。"年长的发明家斯威夫特先生说。

克雷格补充了一些细节后,汤姆讲述了他和巴德那天下午的奇怪经历,还有他们对于山中异景与不透明试管中物质相似的怀疑。

"真是太奇妙了,汤姆!"斯威夫特先生大声说,"如果企业集团能找到地球上从未发现过的硅同位素,将是整个人类社会的巨大福利。"

"也是专注星际旅行的火箭制造业之福,"汤姆直视爸爸补充道,"爸爸,如果不会影响到这里的实验进度,我想马上去非洲。"

"我知道你会想要去。"斯威夫特先生暗笑道,"去吧,汤姆!"

"太好了!"克雷格喊道,"我正希望你能和我一起去呢。"

"但是那里的土著怎么办?"斯威夫特夫人问道,声音里满是担忧,"你可是被驱逐出来的,克雷格。"

飞行员报以微笑,他说:"如果我第二次活着出现,他们会真的以为我是哪路神仙吧。我保证,我们不会和我的救命恩人玛巴维基部落有任何争执。但我们可能会遭到来自一个叫欧纳利斯的邻近部落的阻挠,我可不想和他们中的任何人打交道!"

"我们到了非洲,会解决这些问题的。"汤姆说,"现在,首先要规划这次考察。"

第二天早上,两个年轻人享受了一顿丰盛的早餐,然后步行

第二章 丛林异象

到斯威夫特企业集团。汤姆领着克雷格去了他和爸爸共用的办公室,这位飞行员在宽敞的办公室里流连,欣赏那些他从未见过的发明模型——全是汤姆和他爸爸的作品。他还向汤姆询问关于可以垂直上升的巨型喷气式直升机——"蓝天女王"的事情。

"这可是一个飞行实验室。"汤姆说,"我们的非洲之旅要用上它。"

"那这个潜艇又有什么特别的呢?"克雷格问,"中部有开放空间,里面有转动叶片。"

汤姆微笑:"它带我深潜入海,去了一个从未有人到达的深度。在潜艇里时,我发现了来自另一星球的火箭,但是差点为此送上了性命。克雷格,你知道,每次我开始一项新计划,就情不自禁地想,我将遇上什么样的探险旅程呢。现在,开始这次非洲之旅——"

克雷格打断了他,说道:"有件事情我没有提到,汤姆,也许不是很重要,但是让我很疑惑。"

"没关系,说来听听。"

汤姆坐在桌子边,克雷格放松地坐在安乐椅上。

"从我离开非洲,我就感觉自己被跟踪了。"飞行员开始说,"我不能提供确切的证据,但有些无法解释的怪事。"

"比如说?"汤姆问。

"就像我准备搭乘货轮回A国时,被当地警方拘留了,原因是一个匿名电话警告他们我从这个国家走私珠宝。幸好我在开船前成功证明了自己的清白。但是在船上,两个男子似乎特别费心地想要和我做朋友。他们自称卡尔·泰勒和埃里克·卡梅伦,一直追问我在非洲的事情——当然是拐弯抹角地问，但是他们的耐心之足让我感到很不舒服。一天晚餐后，我回到船舱，发现泰勒正在捣毁我的门闩！"

"发生了什么？"汤姆问。

"我自然问了泰勒他想干什么。"克雷格回答，"汤姆，他是个说谎的行家！他给了我一个令人信服的解释——他以为我在船舱里睡着了，想要叫醒我去下象棋——我差点都相信他了，尽管我怀疑他事实上是想破门而入，进入我的船舱。"

"在那之后你还经常见到他吗？"汤姆发问。

"没有。他们没有刻意避开我，但也没刻意找我。船靠岸之后，我一直没见过他们，直到昨天我到达肖普顿。我确定在火车站看到了卡梅伦，但我还没来得及和他打招呼他就消失在人群中了。"

汤姆拿起一本肖普顿通讯录，但这两个人的名字都没在上面。"当然，卡梅伦出现在这里也许并不意味着什么，但我们还是警惕一些为妙。我会提醒安保主任哈伦·艾姆斯注意的，他需要你描述下这些人。"

"泰勒大约一米八，黑发——"飞行员拿过铅笔和纸，"也许我能大概画出他的样子。"

"我从不知道你原来还是个艺术家。"汤姆评论说。

"我当然不是。"克雷格谦虚地答道，"作为爱好，还是很有趣的。"

这位飞行员已经画完一张素描，开始画第二张的时候，沉重的敲门声响起。

第二章 丛林异象

"进来!"汤姆喊道。

一个矮胖的男子大步走进办公室,他的皮肤被阳光晒成了古铜色,西部长靴在蓝色牛仔裤下闪亮着,上身穿一件艳俗的厚呢运动T恤。乔·温克勒负责汤姆考察途中的伙食,他以前是流动炊事车的厨子。

"你好!"他叫道,"啊!不知道你还有一个伴呢——不,不!不可能!但是事实就在眼前!哎,这不是我那失踪的小帕洛米诺马嘛!你从哪里冒出来的,克雷格·本森?"

"乔,能再见到你真是太好了。我差点在丛林里被吃了——鳄鱼和一点人肉混着炖——"

"你是说你和食人族在一起?"厨子大叫!克雷格忍不住笑了。

乔说:"你又在开玩笑了,对吗?好了,你回来我很高兴,你不用再飞越任何丛林了。"

汤姆笑了出来。"乔,为什么这么说呢,那不会对你造成困扰吧?"他问道,"我和克雷格准备去非洲丛林,觉得你也会想一起去。"

乔挠了挠日益稀疏的头发说:"你也在开玩笑吗,汤姆?"

"不,我是认真的。"

厨子叹了口气,说:"你去哪里,我就去哪里,但是这次旅程似乎十分危险……顺便说一下,我只是进来看看你们是否需要把午餐拿进来,需要我就去摆好。"

汤姆点了点头,乔的视线突然落到了克雷格画的第一张素描上。

"天啊，把我绑起来吧！"他脱口而出，"谁画的？"

"克雷格。"汤姆回答。

"非常好。他们中是不是有一个来自Q城？"

"为什么这么问？"汤姆问。

"只是觉得我见过他们中的一个。这个。"

"这是泰勒。"克雷格说，"卡尔·泰勒。"

"不太能记住名字。"厨子用火腿一般的手挠了挠稀疏的头发。"不是很确定在哪里见过他，"他低声说，"也许在Q城见过一次。我仔细想想。如果我见到他，肯定会记起来的。"

乔离开去准备午餐了。

这天剩下的时间都用来准备即将到来的考察。企业集团的地质部门提供了中非的航海图，汤姆和克雷格进行了仔细的研究，并试着列出设备和生活用品的清单。

直到天快黑时，他们才准备步行回斯威夫特家，在新鲜空气里行走是一件让人愉悦的事情。

"已经这么晚了，"汤姆说，"我们走小路吧，有条小道从树林中穿过。"

他们大步在废弃的泥土路上走，步履轻快，突然听到身后摩托车的声音。汤姆和克雷格飞速躲开，只见一辆没有亮灯的小汽车以恐怖的速度向他们驶来，显然，司机没有看到他们。

"小心！"汤姆大叫。

第三章　撞击惊魂

突然，小汽车的前灯亮了，霎时刺得汤姆和克雷格睁不开眼。随后，他们惊恐地看到，在这条狭窄的小路上，小汽车倾斜着向他们疯狂冲来。

汤姆将克雷格推进一条壕沟，自己也跳了下去。

汽车经过汤姆，擦伤了他，把他掀翻在地，而汽车轮子带起的泥土和石头像雨点一般地落在他们身上。

汽车开过去后，汤姆站起来，晕头转向，拍掉身上的泥土，一瘸一拐地走了两步。"克雷格！"他叫道，"你还好吗？"

"我——我想还好。"飞行员声音颤抖地回答。他跌跌撞撞地从壕沟里爬出，低声说："开车的人想杀了我们！"

汤姆神色凝重地点点头，说："没错，我想车里有两个人。你看到车牌号了吗？"

克雷格遗憾地摇摇头："我只知道是一辆黑色小轿车。汤姆，几分钟前，你因为我差点有生命危险。"

"不必自责，克雷格，这种事情在我身上发生很多次了。这样，我们先回去吧，我想给哈伦·艾姆斯打个电话。我有预感，关于非洲的事情，远比我们想象的麻烦。"

汤姆在家联系了那位安保主任,并简要说了有人试图撞死他和克雷格这件事。"这次袭击是精心策划的。"汤姆强调,并且告诉他克雷格关于自己被跟踪了的怀疑。并且,他提到克雷格为泰勒和卡梅伦画的素描,还有乔坚信他曾见过泰勒。

"我想要这些素描的复印件。"艾姆斯说,"也许我能在怀疑的基础上挖掘出一些东西。"

汤姆刚把听筒放回原处,斯威夫特夫人就叫全家人和克雷格吃饭了。桑迪询问巴德的去向,她很期待巴德能和大家一起。汤姆向她眨了眨眼,她便脸红了。

"妹妹,巴德今天早上随一架货机离开了。他去取一些我们考察会用到的设备。"

大家交流了当天的新闻,除了差点酿成悲剧的汽车袭击插曲。然后斯威夫特夫人问:"你们的考察准备得怎么样了,儿子?"

"我们已经做了一些尝试性的计划。"汤姆回答,"我希望能够在接下来的几天开始实质性的准备工作。"

第二天早上的安排是克雷格待在斯威夫特家休息一天,这样他的休养计划就全部完成了。汤姆独自去了私人实验室,巴德很快也到了那里。他前一晚刚回到肖普顿。

"一路顺利吗?"汤姆问。

"拿到了所有要拿的东西。"巴德露齿笑道,"甚至包括你想要的白色头盔,野孩子。但经过你几百年的探险历程,可能头盔都不合适了。"他取笑道。

汤姆作势用一个玻璃烧瓶砸向巴德。

第二章 丛林异象

玩笑过后,他们继续工作起来,巴德看到他的朋友将一批二十五厘米胶囊状的物体排列整齐,这些东西刚从企业集团的冶炼部门送来。

"这些是我定制的盛非洲气体样本的容器。"汤姆解释道,"像克雷格说的,那种气体能够让他的陶质和金属制瓶子破裂,我希望这些难熔胶囊总有一个能保存住那种气体。"

他从工作台上拿起一叠纸递给巴德。"这些是每个容器的说明书——包括制作材料和方法。给我读一下,我给每一个都做好标记。"

"好。"巴德开始读,"重质玻璃、铅、石棉——那个塑料石棉的东西应该能用。"

他继续读道:"托马塞特——伙计,我敢打赌这个什么时候都能好用。"巴德知道汤姆发明的这种塑料制透明涂层可以耐热,并且防辐射,只要八厘米厚便可以保护原子能厂的发动机!

正在这时,他们听到一阵响声。

"有人在门口。"巴德说,"我去开门。"

汤姆把手伸到工作台下,推动了控制实验室门锁装置的开关。公司制模部门的首席工程师汉克·斯特林和制模主管汉森走了进来。

"嗨,汤姆,巴德!抱歉打扰你们了。"汉森说,这个身材瘦高的大骨架男人有着亲切的微笑,"汉克和我有些关于球形地球探测车的问题。"

这个有高超技艺的工程师说的是汤姆的新发明,一个专为探测洞穴系统和复杂地貌而设计的机器。

那是一个流线型履带坦克,悬臂很低,十八英尺长,由原子能激活的蒸汽涡轮提供动力。在这个坦克中,驾驶舱位于后部,提升起重机安装在前,差不多与屋顶同高。这一发明的独特性在于它的客舱安装在底盘最前部,呈球状,有两扇大窗,可以移动。起重机工作的时候,悬在起重机上的缆绳系在客舱上,将它从底盘上悬吊起来,可以上升、下降。坐在客舱的人可安全地探索深坑或洞穴里的情况,而其他的机器不能进入深坑或洞穴。

"我打算带一台球形地球探测车去非洲。"汤姆向巴德解释道。然后,他转向工程师们,问:"现在的问题是什么?"

"微缩模型运行得很成功。"金发方颚的汉克·斯特林说,"但我们对球形地球探测车的测试模型不太满意,我担心起重机的锁定装置不合格。"

"我会亲自去测试车间看看的。"汤姆马上说,"来吧,巴德,我需要你的帮助。"

两个男孩在工程师的陪伴下进了一座大楼,那里整齐摆放着一系列测试设备。

天花板高高吊起的大厅正中,摆放着光亮的灰色球形地球探测车,它被巨大的膨胀螺栓牢牢地固定在地板上。汤姆仔细检查了球形地球探测车后,表示每个部分看起来都运行得有条不紊,十分完美。

"我想测试一下,巴德。"他说,"我会进到里面,你去控制舱,我来前后摇晃。我想要给这些缆绳施加最大的压力,再观察信号系统。"

两个男孩各自就位,巴德移动了一个标度盘,将起重机从球

第三章 撞击惊魂

形地球探测车上以倾斜的角度提起来。悬挂的缆绳垂下来，连接客舱顶部的锁定装置。随后，巴德移动操作杆，以便他们通过电子设备交流。

"准备好了吗？"他通过对讲机问汤姆。

"启动吧！"汤姆注视着他面前仪表板的度量，上面显示着每根缆绳的拉力。

巴德将起重机两边摇晃时，年轻的发明家感到自己在摇动。

"进展顺利，工作节奏很完美。"他说。

这位年轻的发明家兴高采烈地对汉森和斯特林大笑挥手。但是当他转身看度量时，笑容消失了——一个标度盘正闪烁着红色信号：三号缆绳上的压力太大。

"巴德，把我提起来，让我回到球形地球探测车！"汤姆对着对讲机大喊。

但是，仪表盘上每个灯都突然红光闪烁。随后便是巨大的"砰"的一声，缆绳从锁定装置上断开。绳子松了，客舱猛冲向天空，然后翻了个筋斗，撞在大厦的一面墙上，最后落地。

巴德冲出了控制舱，他十分害怕。

斯特林和汉森已经来到圆球前。透过窗户，他们可以看到汤姆抵着仪表台躺着，失去了意识。血从他脑袋上划破的伤口流了出来。

这些人迅速打开门，小心翼翼地将汤姆抬出来，把他放在地上。

巴德趴在汤姆身上，当他确认他的朋友仍然活着时，马上跑到临近的房间拿来急救带并且安排好药品。

　　五分钟后,年轻的发明家睁开了眼睛。

　　"放松点。"斯特林提醒他,"你狠狠撞了一下。"

　　汤姆静卧了一会儿。然后,随着记忆的复苏,他遗憾地笑了。"这次我错了。"他坦白道。

　　"这么厉害的摇晃一定让缆绳结晶了,所以断开了。"他一边站起来一边说,"我要忙起来了,让这些缆绳少受些金属疲劳的影响。"

　　"今天不行。"巴德坚定地对他说,"老人家,准备回家休息吧。"

　　他驱车载着汤姆驶往斯威夫特的住宅,那里由桑迪和她妈妈掌管。当她们知道汤姆死里逃生时,都担心得长出了一口气。

　　克雷格在一旁看着,最后出言打破了紧张的气氛:"好人不会总倒霉!"

　　快傍晚时,哈伦·艾姆斯给汤姆打电话,汤姆将电话转到卧室接听。

　　安保主任确认了汤姆已从休克中恢复,且情况良好后,才说:"本地警方刚刚发现一辆被盗车辆——黑色小轿车,可能就是那辆差点撞倒你和克雷格的小轿车。"

　　"有什么关于盗贼的线索吗?"

　　"没有。"艾姆斯回答,"他们强行打开车门,但盗窃者可能是用跨接线启动的汽车,因此车上除了车主的指纹,没有留下其他人的。"

　　"你检查了克雷格描述的那俩人吗?泰勒和卡梅伦。"汤姆问。

　　"我把素描的复印件送到了W城的调查局。"艾姆斯汇报说,"我接到报告就会马上通知你。"

安保主任挂掉电话后,汤姆坐在床上,陷入片刻的沉思。如果泰勒和卡梅伦是袭击者,那他们的动机是什么?为什么他们要跟踪克雷格?

随着沉重的脚步声在楼梯上回响,乔激动地冲进汤姆的房间。他大喊:"我找到了!"

汤姆震惊地盯着厨子。

"稳住,老人家。慢慢告诉我你知道了什么。"

"还记得你给我看的那张图吗,那个叫泰勒的家伙?他来自Q城的乡下,那里有我的牧场!"

"你确定?"汤姆询问。

"万分确定!"乔坚持道,"我回家找到了有他照片的那份报纸。他在乡里的口碑不太好,总做些鬼鬼祟祟的事。"

"他的真名叫泰勒吗?"汤姆问。

乔摇摇头,说:"我觉得不是,但我想不起来他叫什么了。"

"哪份报纸上有他的照片?"

"当地的一家日报。"

"太好了!"汤姆说,"我们可以通过他们的办公室查找。"

"我觉得那是不可能的。"这个Q城人低声说,"刊发泰勒照片一周之后,这家报社被全部烧毁!"

"糟糕。"汤姆叹息道,"泰勒可能去了哪儿,有消息吗?"

"嗯,一些乡亲说他们知道他去了哪里。"

"去哪儿了?"

"非洲!"

第四章 伪造签名

乔说完他令人震惊的发现后,汤姆吃惊地吹了声口哨,在这个Q城人背上重重拍了拍。"乔,干得漂亮!这可以和克雷格的怀疑联系起来,那就是泰勒和卡梅伦并非偶然对他的非洲探险之旅产生兴趣。"

"我非常高兴还记得那个家伙。"厨子自豪地说。

一会儿,汤姆和克雷格在斯威夫特家的客房休息时,汤姆告诉飞行员乔的判断。

"我关于泰勒的猜测一直都是对的!"克雷格宣称。

"你想过他可能会阻止我们去非洲吗?"汤姆提出。

"没有,但我相信你的判断是正确的。我们为什么不把泰勒抓起来呢?"

"指控的罪名是?"汤姆指出,"我们没有证据证明当时他在车里。实际上,我们甚至不能肯定他现在在这里,在肖普顿。"

"但我确定我在肖普顿看到卡梅伦了,所以泰勒很有可能也在这里。"飞行员抗议道,"不管怎样,如果泰勒曾经做过什么肮脏事并且潜逃了,他一定会被当局通缉的。"

"是的,但泰勒可能只是个化名。"汤姆讲道,"如果不是你的素描，我们根本不会知道要找的人是谁。我们得耐心点，如果泰勒和卡梅伦想给我们找麻烦，他们迟早还会出手的。"

接下来的几天没有任何迹象表明他们怀疑的敌人仍在附近。汤姆推动着球形地球探测车的建造进程，他想把这个机器带去非洲。在制造高抗张强度的缆绳时，他亲自监工，并且，为了做进一步的预防措施，这些缆绳在安装前都用X射线检验过是否有瑕疵。

一天早上，汤姆对克雷格说："我们很快就能乘'蓝天女王'起飞了。想帮我检查一下吗？"

"没问题，只要进去不收钱。"他开玩笑回应道。

他们去了地下飞机库，那里停着他们的飞行实验室。克雷格羡慕地看着这架有三层舱板的飞机："真美啊，汤姆。真是叹为观止！"

汤姆带他从实验室部分开始检查起飞机。实验室在第二层舱板上，宽阔的空间用隔墙分成单独的隔间，每个隔间都是一个实验室，里面完整配备了某个研究分支所需的设备。

"真是自成一番天地啊！"克雷格评论说。

"这架'蓝天女王'，"他们往前走时这位年轻的发明家说，"就像一位认识已久的忠诚朋友。它载着我和巴德平安度过了许多艰难的探险。"

看到新的流线型小直升机滑行船停泊在"蓝天女王"最底层舱板的飞机库里，克雷格向汤姆表示了祝贺。

随后，同样令他印象深刻的还有泊在附近的袋鼠袋，一架小型三角翼太空船，由单个喷气式发动机提供动力。

第四章 伪造签名

检查临近尾声，男孩们准备离开大厦时，遇到了斯威夫特先生。斯威夫特先生和他们打过招呼后，说："汤姆，我想和你讨论下我们共同做的实验——XA-107计划，重温一遍当时的文件。"

汤姆好奇地看着爸爸。"你说的是反质子现象的那个实验吗，爸爸？"

"是的，我想重温一下我们的发现。"

"有什么特殊原因吗？"年轻科学家问。

"只是一种预感，儿子。根据克雷格告诉我们的关于非洲的发光气体，我在想——"

"这种现象是否和山下存在反质子物质有关？"汤姆接着把这句话说完。

"是的。如果这种物质在那里存在，我们找到它，将会是有史以来的最大发现。"

克雷格一直带着困惑的表情静静听他们讨论。"这是一个家族秘密吗？"他笑着问，"或者说，我能不能带着一个问题加入进来？"

"抱歉。"汤姆道歉说，"说吧。"

"首先，"克雷格说，"什么是反质子物质？"

"要解释那个，"斯威夫特先生说，"你需要知道原子构成的基础知识。"

"我在学校里学过一些科学。"克雷格回答，"我知道关于原子最普遍的说法是，它就像一个微缩的'太阳系'，中间是一个原子核，围绕原子核运动的微粒叫作电子，整个就像我们的行星围绕太阳转一样。"

"基本上是这样。"斯威夫特先生点头说,"电子带负电。质子是原子核中带正电的物质。还有中子,它是原子核的组成部分,但是不带电。"

"这些我明白了。"克雷格说。

"在反质子物质中,"汤姆接着说,"原子也有像你所说的类似太阳系的组成,但有一点不同,即微粒的带电情况相反。原本的电子变成正电子,原本是质子的变成反质子。"

"我想,"克雷格说,"如果它们和外物接触,会发生完全不同的反应。"

"没错!"斯威夫特先生突然开口说,"如果足够多的反质子物质和地球上的物质发生反应,产生的热量可以引发链式反应,世界可能自我湮灭!"

"哇!"克雷格惊叫道,"这种东西可不是闹着玩的!"

"是的。"汤姆赞同地说,"但实际上可以用它造福人类。"

三人来到办公楼前时,克雷格和他们道别,汤姆跟着爸爸进去了。他们直接来到私人办公室,年轻发明家滑动打开墙上的木制仪表盘,后面是一个坚固的小保险箱。他快速按动号码锁,打开门。

汤姆伸手进去,拿出一堆牛皮带绑着的手稿。在仔细检查完手稿后,他奇怪地盯着这一堆东西。

斯威夫特先生感到不对劲:"怎么了,儿子?"

"没了!"汤姆大叫,"关于反质子的文件没了!"

"天哪!"年长的发明家震惊地喊道,"问题很严重。"

"我想不出它怎么会消失。"汤姆沉思道,"唯一能接触保

第四章 伪造签名

险箱的另一个人是艾尔维·汤普金。"

"汤普金不会对我们的文件感兴趣。"斯威夫特先生说,"而且,他是我们最值得信赖的雇员之一。他从企业集团建立之日起就一直追随我们斯威夫特家族。"

汤普金几个月前从斯威夫特工程公司调过来负责办公室的专项安保工作。

"不过,"汤姆说,"问问他是否知道任何关于手稿的消息也不会有坏处。"

汤姆通过内部通信系统叫艾尔维·汤普金来办公室。片刻之后,进来一个身材瘦削,上了年纪的男人,他坚毅的脸和直视的目光无一不表露着他的正直。

"汤姆和我在找一个东西,但没找到。"斯威夫特先生说,"我们把一个很重要的文件——XA-107计划放在保险箱了,你记得它放在哪儿吗?"

"记得。"汤普金回答,但表情很疑惑,"就在昨天,汤姆,我把它从保险柜拿出来了。但我是遵照你的命令。"

"命令!"汤姆叫道,"什么命令?"

"你的便条。"汤普金从口袋里拿出一张简短的打印便条,上面签署着小汤姆。便条指示汤普金拿出关于反质子的文件,在斯威夫特企业集团的北门交给克雷格·本森,交接的时候,他以"跳蛙"作为暗号,而克雷格会回应"欧纳利斯"。

"谁把这张便条给你的?"汤姆问,"我从没写过。"

汤普金面如死灰:"哈里给我的,他是北门的守卫。"

汤姆询问接收文件人的长相。

汤普金想了一会儿，然后说："他身高大约一米八，黑头发，脸很瘦，黑眼睛。开一辆浅蓝色小轿车。"

汤姆取出克雷格·本森画的那两张素描的复印件。

"他是这两个人中的一个吗？"他问。

汤普金仔细看了看画作，然后指向了一张。"是的。"他低声说，"是这个人。"

"是那个叫卡梅伦的家伙！"汤姆叫道。

意识到事情的严重性，汤普金极度懊悔。他严厉地训斥自己，不该落入对方的陷阱。

"不要过于自责。"汤姆温和地说，"乍一看，这个伪造的签名都可以把我骗过呢。"

随后，汤姆立即联系了哈伦·艾姆斯，安保主任马上来到办公室。他坐下后，汤姆简要告诉了他事情的经过，然后给艾姆斯看了那张伪造的便条。那位侦探仔细检查了签名后，说："这是我见过的伪造得最好的签名之一。我们对泰勒和卡梅伦所知甚少，也许他们中的一个是伪造专家。"

"这张便条只是个小诡计。"汤姆愤怒地说，"但是他们成功了。"

"是的。"艾姆斯答道，"我们需要警察的帮助。我会马上和他们一起工作。"

他起身。"大家再见。"

晚上，斯威夫特一家的餐桌上没人说话。巴德和菲利斯都在，但每个人都异常安静。

汤姆坐着仔细考虑失踪的那份重要手稿时，桑迪看着哥哥。

第四章 伪造签名

"那些文件有多值钱？"她问。

"在坏人手里，"他回答说，"那些信息可以影响整个世界的福祉。虽然爸爸和我的实验都还没完成，但那份文件泄露了非常重要的开始。我倾向于认为卡梅伦怀疑非洲有反质子气体。"

"让我疑惑不解的是，"克雷格开口了，"为什么那个骗子用我的名字。"

"泰勒和卡梅伦发现你是我们中的一员，而且备受信赖。"斯威夫特先生说，"而且汤普金没见过你。"

这时，电话响了起来。汤姆说了声抱歉，然后接了电话。

乔的大嗓门从听筒那头传来。"汤姆！"他叫道，"是你吗？"

"是的。"

"原地别动！"厨子命令道，"我会用最快的速度开车过来。"

汤姆还没来得及回答，乔就挂断了。

几分钟后，一辆小吉普车跃上了斯威夫特家的车道，然后来了个急刹车，骤然停住。乔跳下来，冲上了前面的台阶。

"汤姆，"他一边走进大家聚集的起居室一边大声说，"汤普金刚刚告诉我伪造签名的事了！"

"所以？"

"我刚刚重新搜集了关于那个伙计的信息——那个自称泰勒的家伙。他不叫泰勒，而叫哈里·霍普林！"

"真的吗？"

"牵我的草原大狗去查吧，我无比确定。听着，伙计们，那个卑鄙小人在德克萨斯因为造假被通缉了，要被抓回去！"

第五章 疯狂追捕

汤姆没有片刻迟疑,马上给哈伦·艾姆斯打电话,要通知那位安保主任泰勒的真名是霍普林,而且他因为造假被通缉了!但是汤姆被告知艾姆斯不在家——他外出搜寻嫌疑犯了。

汤姆坐下来想了一会儿。窃贼一知道当地警方在寻找他,可能就逃走了。"只有在他发觉当局在追捕他前抓住他——"汤姆思考着。

随后汤姆突然从电话旁的椅子上蹦起来,冲回起居室,告诉大家他的想法。

"我相信越多人参与到搜捕中越好。"他总结道,"来吧,巴德。我们自己去搜捕霍普林!"

"我也去。"斯威夫特先生说,然后去拿车钥匙。

乔说他得去火车站见一位Q城来的朋友,祝他们好运后自行上路了。

"你们不能让我置身于搜寻行动之外。"克雷格在其他人开口后说。

"等等!"斯威夫特夫人拒绝道,"你最好待在这里。"

"为什么?"飞行员问,"辛普森说我没事了。"

第五章 疯狂追捕

"我知道。"她回答,"但是他也建议你接下来一周内不要消耗体力。"

失望的克雷格只能眼睁睁看着斯威夫特先生、巴德和汤姆匆匆离开。

在对地形进行了仔细勘察后,三人爬进了斯威夫特先生的小轿车。这辆小汽车拥有最先进的短波设备,享有公司的独有无线电波段,车顶还配有一个高能探照灯。

汤姆发动车子的时候,巴德问:"我们从哪里开始?"

斯威夫特先生推测除了自己家,周围所有地区都布满了警察。"所以我们最好的方法,"他说,"就是在家附近搜寻。"

"是的。"汤姆点头道,"我觉得这些人正注视着我们的一举一动。咱们把他们赶出来吧!"

他们在汤姆家宅子、研究中心和斯威夫特工程公司附近的道路上巡视。汤姆操作旋转探照灯,划破黑夜的光线让其他人的目光能警觉跟随。没有发现任何可疑之处。时间在慢慢流逝。很快,大家发现自己回到了宅子附近。

"下一条路。"汤姆说着将车对准一条林中小道。"我们要从这里驶过。"他宣布,"如果我们没找到任何人,就回宅子,看看警方那边是否有情况。"

"好主意。"斯威夫特先生说,"我们差不多检查了这里的每一寸土地。"

巴德坐在后座,让身体陷在座位里休息了一会儿。突然,他坐直了。"汤姆!"他叫道,"把灯照到九点钟下面的方向!"

汤姆将灯的窄轴转向车道左边,把角度调低。强光照到一个男人，他正跑过一小片空地。那人见无法继续藏身于黑夜中，便冲向一簇茂密树丛。

"看起来像是霍普林！"汤姆叫道。

他关掉汽车引擎的发火装置，跳下车，巴德跟着他。

当嫌疑犯脱离探照灯的范围时，他们就看不到他了，但能听到他闯进前方灌木丛的声音。

男孩们拿出探照灯，在那人身后追赶，越往前走，树木越茂密。

巴德在一条浅浅的峡谷处绊倒了，虽然毫发无损，但是头晕目眩，他手脚并用向前爬。汤姆停下来确认他的朋友是否安然无恙。

"别管我！"巴德喊道，"跟紧他！"

但是他们为这片刻的延迟付出了昂贵的代价。现在，探照灯已经找不到那个逃亡者了。

男孩们继续前进了一会儿，但是霍普林已经消失了。

"再找下去毫无意义。"汤姆很不高兴地承认，"这一局我们恐怕输了，巴德。但这证明了一件事，霍普林仍然在附近。"

汤姆和巴德经过这场疯狂追捕筋疲力尽，他们疲倦地从树林里回到汽车处。到了那里，他们震惊地发现斯威夫特先生消失了。

"爸爸！"汤姆叫道，"爸爸，你在哪儿？"

"看！"巴德叫起来，"有人破坏了汽车的无线电广播设备。"

汤姆检查了斯威夫特先生安装的特殊无线电发送和接收设

备,发现所有的电子管都被捣毁。巴德注意到汽车发动机后盖没有关严,于是打开检查发动机连接处——分火盖没了。

"爸爸遭到了袭击!"汤姆哽咽着大喊。

巴德很担心,开始用探照灯检查地面。"我看到脚印了!"

汤姆检查了这些脚印。"挣扎的痕迹显示有三个人!"他激动地说,"爸爸一定和两个恶棍搏斗过!"

男孩们跟着足迹在弯道处走了一小段,在弯道处,三个人的足迹变成了两个人的。

"你爸爸一定是在这里被扛起来的。"巴德说。

他和汤姆继续跟着足迹走,一小段后,足迹变成了汽车轮胎痕迹。

"这些绑架者是驾车离开的!所以说他们把爸爸带到更远的地方去了!"

"也许我们最好回你家报告这个情况。"巴德建议。

"好。"汤姆说,"但是这可有三千米里。不如你回去,我来试着修理无线电,也许我能接收到企业集团的消息。"

他们来到斯威夫特先生的汽车前,巴德准备启程时,一辆汽车出现在弯道上。

男孩们在汽车前灯的光芒里吓呆了,司机是让巴德搭便车的友善之人呢,还是准备转弯袭击他们的敌人?

汤姆和巴德跳到路边紧张等待着。一会儿,汽车停下来了车里只有一个人,探出头对他们露齿而笑。

"哈伦·艾姆斯!"巴德叫道。

"看起来你们俩以为我是泰勒或者卡梅伦,"安保主任说,

"克雷格告诉我你们在找他们。"

汤姆快速告诉他所发生的事，包括知道了泰勒的真名是哈里·霍普林，是一个被通缉的作假者。

艾姆斯皱起眉头。"你的对手真是厚颜无耻。"他评论道，"但是他犯了一个严重的错误！如果需要的话，现在我们要把整个乡下翻个遍来找你的爸爸。"

"关于绑架者现在所在的地方，你有任何线索吗？"汤姆问。

"没有。企业集团和警方出动了每个可以出动的人，我们检查了方圆十五英里范围内的酒店、汽车旅馆和活动房集中地，并在每个从肖普顿出去的高速公路上设置路障，但没有发现霍普林或者卡梅伦的任何踪迹。"

巴德提到他正准备出发去斯威夫特家的宅子："我们觉得汤姆的爸爸可能已经回来了，或者至少发送一些消息。"

"我可以告诉你没有。"艾姆斯说，"我刚刚从斯威夫特家来。"安保主任接着说，他想不出为什么斯威夫特先生会被绑架。

汤姆有了答案："他们把他当作人质来阻止我们去非洲。"

"你觉得他们不会伤害他？"巴德急切地问，"我觉得那样没有意义。"

汤姆对此不太确定："他们可能想要爸爸告诉他们我们的计划。但他是不会说的，我确定。"

巴德打开斯威夫特先生汽车的行李箱隔间寻找工具和备用电子管维修无线电时，汤姆瞥到了自己的腕表。"从我们和爸爸分开已经快一个小时了。"他想。突然他的眼睛因为兴奋而睁大。

"腕表！"他叫道，"我怎么能忘了它？"

"忘了什么？"巴德问。

"爸爸的腕表。"汤姆回答，"它有嵌入的微型发射装置，能够在方圆几英里内传播消息。除非爸爸已经不在这个范围内，否则他会试着在企业集团的波段上发送讯息。"

"你确定你的爸爸戴了腕表？"艾姆斯问。

"他没取下来过。"汤姆回答。

艾姆斯和巴德立即明白了汤姆的意思：尽管斯威夫特先生在对方手里，但他可能能够抓住机会发送了讯息。他们得马上开始，这样至少能收到一条！

"我们要进行三角测量。"汤姆说，"哈伦，你能开车去我家吗？告诉警察，并通知桑迪和克雷格，他们可以去我家集合，然后给公司的迪林打电话让他来修理。我和巴德在这里修理无线电装置，如果有消息，我们会在这里接收到消息，并确定消息传来的方向，再告诉所有在我家集合的人，来找爸爸所在的位置。"

"这样安排最好。"艾姆斯同意，"我马上出发。"

两个男孩将毁坏的电子管换下来，无线电很快就恢复了正常。他们仔细听着，但是只有低沉的嗡嗡声，尽管如此，汤姆的眼睛一直没离开过和方向探测器相连的罗盘，即使收到的讯息太短，他也可以随时操作探测器。

十分钟过去了！二十分钟！短波没有传来一点声音。男孩们不敢说话，怕错过可能到来的任何一个单词。

三十分钟过去了！

突然，汤姆和巴德跳起来，一个奇怪的声音在无线电中噼啪作响。

"斯威夫特先生，你会在这里待上很久！我们不会容忍你或你儿子的任何干涉！我们的计划会照常实施，你们斯威夫特家族无法阻止我们！"

第六章　警方询问

汤姆和巴德屏住呼吸,专注地听着,在斯威夫特的短波波段中,奇怪的声音最后说:

"还有一件事,斯威夫特先生。不要指望你的儿子或者其他人来救你,不管这样做的人是谁,他都会有生命危险!"说完之后,波段中的声音就消失了。

汤姆和巴德专心地坐在汽车里,希望斯威夫特先生自己能够说话,给出所在地的线索。之前,这对父子曾用密码交流,其他听到的人不懂对话的真正含义。

但是在沉默了一会儿后,汤姆开口说:"巴德,事情比我想象得更糟。我们总有一个得回家,找到迪林、桑迪和克雷格,看他们的方向探测仪有什么发现。我们得定位爸爸在哪儿,并立即跟上他。我检测到一个二十度左右的方位,这个声音来自肖普顿北部。"

汤姆决定他离开,因为他的妈妈可能非常焦急。"我最好去安慰一下她。"他说,然后通过林中一条小道回家。

汤姆很快就走完回家的三千米路,这是有史以来最快的速度。正当他急着穿过前门时,他的妈妈与克雷格迎了出来,斯威夫特夫人对儿子张开双臂。

"噢，汤姆，是不是很可怕！"她叫道，"现在情况更糟了，桑迪和菲利斯失踪了！"

"失踪！"汤姆震惊地叫道。

"是的。"他的妈妈回答，"我们都在听短波里传来的讯息，直到那个可怕的男人突然开口说话。你也听到他说的了吗？"

汤姆点头，然后提到他关于绑架者不会伤害爸爸的假设。

"哦，我希望你是对的，汤姆。"斯威夫特夫人回答，"但我们不能相信那种人。你爸爸如此勇敢——就像你一样，他也许会激怒抓他的人。"

她的儿子微笑道："尽量不要担心，妈妈。等迪林带三角测量的结果来时，我们就可以定位爸爸被困住的地点，然后去救他。"

斯威夫特夫人看起来稍微松了口气，但片刻之后她再次提到女孩们："我真希望之前不是让她们俩单独出去的。"

"她们为什么要出去？"汤姆问。

他的妈妈说，桑迪知道汤姆没有交通工具，希望能快点接他回来，尽快用短波中得到的信息标出爸爸被困住的地方，于是她和菲利斯出发去接汤姆。

"但她们去了好久，都够来回两次了。"斯威夫特夫人紧张地补上一句。

汤姆不得不承认妈妈的担心是有道理的。他觉得很害怕，女孩子们也许和斯威夫特先生一样在绑架者的手里！

第六章 警方询问

"我马上去跟上她们！"汤姆决定。他冲出房子，跳上了折篷汽车。

汤姆不知走哪条路去找女孩们，他只能在一条条路上加速减速寻找她们，直到看到桑迪的车。他开过去的时候，她停了下来。

"汤姆！"他的妹妹叫道，"我们正在到处找你！"

"我们很担心。"菲利斯说。

汤姆宽慰地笑了："你们把所有人吓到了。知道你们已经离开家快一个小时了吗？"

"不知道。"桑迪说，"我们一直急着找你，甚至没打开无线电，才错过了命令大家离开道路的消息。"

"那是什么？"汤姆困惑地问。

"所以你也没有听到？"他的妹妹回答，告诉他几分钟之前，一个骑摩托车的警察拦住她们，告诉她们警察正在清查道路，寻找罪犯。

"很奇怪。"汤姆说，"妈妈没有提到，克雷格也没有，但他们都把广播调到了本地频道。"

出于特殊需要，汤姆的车上安装了本地警方的短波频道。现在他把无线电调到那个频道，轻拍麦克风，询问总部关于命令开车之人离开道路的安排。让他大吃一惊的是，当班的警察告诉他没有类似命令的发布。

汤姆立即转述了他妹妹所说的。"谁是那位拦住她们的警官？"他问。

"我查询一下记录。"当班的警察回道，"不要挂电话！"

十秒钟之内,他回来了,并带来消息说过去的半个小时里没有骑摩托车的警察搜索老松树路,也就是桑迪和菲利斯被拦下来的那条路。

汤姆吹了声口哨。"如果那是真的,"他说,"那个警察就是假的!谢谢你帮忙查询,机长。"

他关掉广播,询问女孩们骗子的长相。他一边听一边坚定地点头:"我敢打赌那个所谓的警官是卡梅伦!"

第七章 神秘逃亡

菲利斯·牛顿了解了关于假冒警官的事件后恸哭道:"我做了一件糟糕透顶的事!汤姆,我告诉了那个人关于你爸爸被绑架的所有事情!"

汤姆很担心,但是仍然安慰菲儿:"那个假警察可能就是霍普林或者卡梅伦或者是他们团伙中的一个,不管怎么样,他们已经知道整件事情的来龙去脉了。"

"但我告诉他你爸爸的腕表了!"菲儿解释道,"现在他们会把它拿走,所以他不能发消息告诉你们他在哪儿了。"

桑迪和汤姆努力安抚菲利斯,告诉她斯威夫特先生可能嘴里被塞了东西,所以不能发送消息。幸运的是,他能够打开发射装置,让绑匪在不知情的情况下说的话被传出来。

"但是时间紧迫!"汤姆说,"你们回去。我确定迪林会在那里,企业集团的方位探测器会定位出爸爸被困的位置,我们现在要做的事情是在假警察和他的同伙把爸爸转移前去那里救他!"

他很快把车转了向,驾车离开,桑迪驱车高速跟上。

他们来到斯威夫特家,发现迪林在那里,巴德·巴克利和艾姆斯也在。那位安保主任觉得巴德独自离开可能会有危险，于是开车去接他，并把斯威夫特先生的车推回家来。

"这就是我为什么找不到车的原因！"桑迪说，然后讲述了她的经历。

艾姆斯皱起眉头说："这些人简直是不顾死活！"

汤姆拿来一张本地地图，在桌上展开。比较了三条用于三角测量的方向线后，发现它们交汇的那点在肖普顿东北约五英里处，离老松树路不远。

"在树林里。"汤姆说，"我建议巴德、迪林和我去那里。艾姆斯，联系警方，和他们的人一起包围那个地区，防止绑架爸爸的人逃跑。"

"你们去可能会很危险。"艾姆斯警告他说。

"我知道。"汤姆说，"也许其他人应该待在这里，但被绑架的人是我爸爸，谁都不能阻止我去，除非妈妈——"

他转向脸色苍白如纸的斯威夫特夫人。"儿子，"她说，"我当然十分担心，但我明白你的感受。去救你爸爸吧！"

"算上我一个！"巴德说。

部署好计划后，艾姆斯说："你们没法弄出光来搜索，否则就会被看到。我建议你们黎明出发，路程不算远。"

几缕光线从地平线上漏出时，汤姆和两个同伴便开车启程了。他们到了那片怀疑嫌疑犯藏身的树林后，和一个在路上巡逻的警察说了几句，然后继续前行。路变成一条狭窄蜿蜒的小径，后面越来越窄，到了只能步行通过时，汤姆停下车。

"我们离定位的地方不到五百米。"他宣布，"现在开始

步行。"

汤姆在前面带路,眼睛不断环视四周,看是否有营地或小木屋的痕迹。片刻后,他突然停下来。在前面一排松树下,有个小木屋。这个可能就是他们寻找的地点!汤姆示意同伴们蹲下。

"那幢房子,"他指着说,"就是我们定位的地点。我们尽量接近它,而且不要发出任何声音。"

这位年轻科学家朝小木屋的方向匍匐前进,姿势就像印度最流行的那种。巴德和迪林紧随其后,三个人静静地艰难前行,到木屋前一块空地的边缘停下来,聆听着。

万籁俱寂。

"我们要冲进去吗?"巴德低语。

"如果有守卫看守,我们会被抓住的。"迪林低声说。

"对。"汤姆同意道,"那就引出找我们的人吧。"

"怎么做?"那位负责无线电的工程师问。

汤姆建议他们每个人找一块小石头,然后丢出去,迪林丢向左边,巴德丢向右边,汤姆直直地丢向小木屋。

在找到大小合适的圆石并掷出它们后,三人警觉地等待着,但是他们的策略没有任何回应。

"我猜里面除了你爸爸没有别人。"巴德说,"毫无疑问,他被绑起来了。如果还有其他人的话,早就出来了。我们去看看吧!"

尽管汤姆很害怕爸爸已经被转移走,但他仍领着大家走向小屋,从窗子向里窥视。屋子正中的椅子上坐着一个人,脸朝里面,正是斯威夫特先生!

他被绑在椅子上,仍旧穿着他的运动夹克,帽子倾斜下来盖在后脑勺上。

"爸爸!"汤姆叫出声来,直奔门口。

其他人跟着他,但他们刚到门口,两个嗡嗡的物体从树林里破空而来,刚好落在他们脚边。汤姆认出是炸弹,喊道:"快跑!"

但是话音还没落下,就发生了可怕的爆炸。汤姆、巴德和迪林被狠狠地掀到地上,晕了过去!

片刻之后,首先醒来的汤姆看到一番可怕的景象。他的朋友们躺在地上,意识全无,燃烧的草地上,火舌朝三人卷过来,而小木屋已经着火了。

汤姆费了好大的劲才站起来,拖着同伴们离开了危险的地方,然后他跌跌撞撞地冲进木屋去救他的爸爸。

"爸爸!我在这儿!"他叫道,然后突然停住了。

绑在椅子上的是个假人!

"但的确是爸爸的帽子和外套。"他困惑地想,"为什么他们要把这些留下?让我们中计?"

突然,一阵热浪袭来,火光闪烁。汤姆快速环视房间,发现有一面墙上全是火焰。

汤姆把假人扛到肩上,用它当抵御酷热的盾牌。随后,他迅速跑出房子,飞跃过被烧焦的草地,跑到了朋友身边。他们刚刚苏醒。

"怎——怎么了?"迪林结结巴巴地问。

汤姆解释道:"我们遭遇了手榴弹和燃烧弹。"

第七章 神秘逃亡

"谁丢的?"巴德问。

"我知道就好了。"汤姆神色冷峻地说,"来把火扑灭吧。"

"用什么扑?"迪林问。

汤姆把手伸到他腰带中一个隐藏的凹槽,拿出一把胶囊,分发一些给同伴。

"这是什么?"迪林问。

"灭火胶囊。"巴德答,"汤姆发明的。"

"把胶囊扔到火里。"汤姆命令道,"向四周撒。"

这些小小灭火剂落在火里,每个都爆出浓浓的白烟。神奇的是,大火开始熄灭了,很快,就被全部扑灭。

"这些胶囊太棒了。"迪林说,随后,三个人开始扛着假人向停车的地方走去。

突然,巴德伸了个懒腰,发出一声巨大的叹息。"能活着真好。"他说,"手榴弹是想把我们弄晕或者杀死我们,燃烧弹是想烧掉我们的躯体,不留下一点痕迹。"

其他人都赞同,迪林补充道:"我想丢炸弹的人以为我们死定了,干完就匆匆离开了。希望我们的警卫队或者警察已经抓住他了!"

"整个冒险经历带给我们的除了水泡和擦伤什么也没有。"汤姆懊悔地说,"我们也没有获得更多关于爸爸位置的消息。"

他闷闷不乐地和朋友们迈着沉重的步伐回到车上。坐进去后,巴德开车,汤姆在巴德旁边,腿上放着假人。

过了一会儿,汤姆说:"我在想从假人身上能不能发现什么重要线索。我找找看。"

迪林看起来半信半疑。"里面可能有炸弹！"他提醒道。

汤姆说他也怀疑，然后他开始有条不紊地检查假人身上的衣服。外套里什么也没有，帽边的缎带中仍然一无所获，最后汤姆把帽子翻过来，把里面的帽带拉下来，一些纸片掉落出来。

"这可能很重要。"他满怀希望地说。

"这是什么？"巴德问。

汤姆凝视着他找到的白色小碎片，上面用潦草的笔迹写着一列数字。"看起来像是我和爸爸发明的数字密码。"他回答，"是的，没错！"

汤姆很快对信息进行了解码："是爸爸写的！他从抓他的人手里逃了！"

巴德高兴地吹起口哨，然后停下来说："心里的一大块石头终于落地了。我都等不及想知道你爸爸说了什么。"

当他们开到这条林中小路的尽头时，一位警察拦下他们。汤姆很快告诉他这个好消息。

"我会立即报告的。"警察说，"我们会靠近那个丢炸弹的人，他没有离开树林。"

巴德继续开车，不一会儿就来到斯威夫特宅子前。汤姆跳出来进了屋。

"嗨！"他叫道。

桑迪和克雷格从起居室跑来，脸上满是期待。"有什么好消息吗？"克雷格急切地问。

汤姆的喜悦之情消退不少。"你是说，"他抱怨道，"爸爸

没回来?你们没有他的任何消息?"

"没有。"桑迪答,她看起来很困惑。

汤姆盯着他仍然攥在手里的小纸片。"爸爸逃走了。"他说,"但恐怕又被抓住了!"

第八章　意外一跳

听了汤姆的话,众人先是震惊,而后就沉默了。斯威夫特先生逃走了,却再次被抓住!

"哎,我们必须做点什么来阻止那些人!"汤姆的妈妈担心地说。

克雷格向前走了几步。"不要灰心。"他说,"你丈夫很聪明,不管怎么样,他都能用智慧对付那些绑匪。"

到了早上还是没有斯威夫特先生的任何消息,希望又少了些。三个无线电广播设备都开着:企业集团的短波频道、当地电台和警察局的频道,但收听到的都是常规播报。

汤姆每小时都给公司里的哈伦·艾姆斯打电话询问进展,但到目前为止,组织的搜寻还没取得成效。

斯威夫特夫人和女孩们准备好饭菜,但没什么人吃,桑迪和菲利斯仅仅在向窗外张望的间隙吃了一点。为了让妈妈高兴,汤姆勉强吃了一点,然后走去坐在一个收音机旁。

"我再也不能忍受这种死气沉沉的状态了。"下午三点仍没消息时汤姆宣布,"巴德,我们去公司工作。"

接下来的几小时里,两个男孩试图专注于考察途中的运输问

第八章　意外一跳

题，同时依旧期望着斯威夫特先生能成功从劫持者手中逃出。

最终，他们还是不能专心工作，只得回到了斯威夫特家。

大家还是假装吃饭，然后继续等待。没人去睡觉，但是其中许多人由于极度紧张而精疲力竭，坐在椅子上打起盹来。

大约午夜时分，汤姆在和睡魔搏斗时，桑迪猛地摇晃他。"汤姆！"她低声叫道，"汤姆！"

他突然惊醒："怎么了？"

"有人在后门！但警报没有响！一定是有劫持者偷了爸爸的钥匙，现在想进来！"

汤姆马上叫醒巴德然后告诉了他情况，男孩们蹑手蹑脚走到房子后面。桑迪说得对——有人正在破坏门锁！

汤姆决定吓对方一大跳。他一只手放在门的球形把手上，另一只手挪开门锁，然后以闪电般的速度打开门，门外的人吓坏了。

"爸爸！"汤姆喊道。

"嗨，儿子。"斯威夫特先生带着戏谑的大笑走了进来，"在暗处我分不清钥匙哪把是哪把。"

汤姆从惊讶中恢复过来后，问："爸爸，你逃出来了！从哪儿逃的？怎么逃的？"

这番动静让房间里的人都醒了，每个人都冲过来迎接这位年长的发明家。斯威夫特夫人和桑迪拥抱了他，其他人都热情地和他握手。

迎接很快变成交织的发问声和欢笑声的讨论，其间汤姆向艾姆斯和警方汇报了斯威夫特先生已经回家的消息。

"太好了！"艾姆斯叫道，"真为你爸爸从那伙人手里逃脱而高兴。代我祝贺他！"

安保主任告诉汤姆，丢手榴弹的人在树林逃跑的途中被抓了。那个人十分镇定，宣称这是他第一次触犯法律。"但是我们怀疑他给我们的绑架事件中主谋的名字是霍普林和卡梅伦的其他化名。"艾姆斯说，"这个叫卡德尔的家伙称他不知道他们住在哪里，但是我们仍在继续搜寻他们。"

汤姆来到起居室时，大家都在那里，他的爸爸因为这段时间的折磨而筋疲力尽，坐进了一张舒服的椅子。

"桑迪，给我拿些晚餐来。"他说，"我会告诉大家发生了什么，但我从昨晚到现在没吃任何东西。"

桑迪赶紧去拿食物，汤姆说："我们大家都很担心你，以为你又被抓了。"

"你们找到了我曾经被关的小木屋？"斯威夫特先生说。

"是的，"汤姆道，"还有你藏在假人里的加密信息。"

"噢，对，假人。"年长的发明家微笑着说，"我很吃惊，略施小计居然如此奏效。"桑迪拿着一盘食物回来时，他继续说："我逃跑后，透过树林观察那个守卫。他往窗子里看了很多次，但没有发现他盯着的其实是假人——我用小木屋里的旧报纸填在麻袋里做的。"

"绑架你的人是谁？"克雷格问。

"霍普林和卡梅伦领导的那伙人里的两个。当汤姆和巴德冲出去找树林里的人时，他们两个就藏在附近。

"你是怎么逃走的？"汤姆问。

"在我被关在小木屋期间，"斯威夫特先生说道，"那伙人中的一个穿着偷来的警察制服假扮警察，有人通知他把老松树路上任何爱管闲事的人都赶回家。当时他们使用的小路就在那里。"

"他就是我和菲儿碰到的那个假冒警官！"桑迪叫道，然后告诉她爸爸这件小插曲。

"多亏了你们俩"斯威夫特先生微笑着说，"给了我一个逃跑的机会，"

"谁，我和菲利斯？"汤姆漂亮的妹妹震惊地问。

"是的，你们碰到的假警察通过他们的步谈机系统传回一些讯息。我听到他们说，最好快点离开小木屋，但他们不敢把我一起带走。"

"然后发生了什么？"汤姆在爸爸停下来时催问道。

"他们决定把我绑在那张很重的椅子上。"斯威夫特先生解释，"然后，如果你们去救我，也会落入他们的圈套。我没有听到他们对外面的守卫下的命令，但他们肯定料到他会被抓住。"斯威夫特先生说他一直没意识到腕表上的发射器已经开了一会儿了，因为他被绑着，口里塞了东西。就在汤姆听到那段威胁声后，他就被扔到地板上，于是发射器被破坏了。

"后来我在尝试联系你时才发现。"斯威夫特先生悔恨地说，"我没把握你能定位到小木屋，但是想到你可能去，我便留下了便条。"

"告诉我们你是怎么逃脱的。"桑迪请求道，她兴奋地睁大了眼睛。

"他们把我绑起来时，"她的爸爸再次说道，"我用了一个从你们爷爷那里学来的小花招，深吸一口气，绷紧全身肌肉。当他们把我绑好时，我放松了一下，这样绳子就足够松，让我能行动自如。"

"他们肯定是外行。"克雷格笑着开口。

"还好他们是！我很幸运！"斯威夫特先生说，"我松绑之后，做了那个假人，然后从后窗爬了出去。"

"不知道其他那些家伙在哪儿，因为他们都有枪，所以我决定在一个洞里等到天黑。我以前就知道那个洞，离树林很远，要穿过一条小路，在农田后面。然后我干了件傻事。"

"傻事？"斯威夫特夫人发问。

"是的，"她的丈夫笑得很孩子气，"我睡着了。等我醒来，后脑勺撞到洞顶，晕过去一会儿。我又晕又饿，所以没有把握好回家的时间。桑迪，这些鸡肉三明治太好吃了。"

"我再去给大家做一些。"菲利斯说着走进了厨房。

大家嚼着鸡肉三明治，士气昂扬起来。斯威夫特先生平安归来，非洲考察的计划可以恢复了。

"我们要争分夺秒。"汤姆指出，"现在爸爸不再是人质了，霍普林和卡梅伦可能会计划别的事情来阻止我们去非洲。我们得趁他们没制造更多麻烦之前，抓紧进行。"

第二天，汤姆和其他参加考察的人到医疗部门报道，包括斯特林、汉森和两个机组成员，准备接种专门疫苗。

轮到乔的时候，他叫道："噢！我的小母马蹄子很疼，医生，你在哪个混蛋地方见过把铁棍当成针的？"

第八章 意外一跳

"好，乔，我来告诉你，"辛普森医生向汤姆和巴德眨眨眼睛回答，"我这个就是留着专扎坚硬的兽皮的。"

男孩们爆发出一阵笑声，乔在针口被贴上纱布之后露出了笑容。离开房间，去处理"蓝天女王"上厨房供应品的问题去了。

汤姆转向巴德。"我想给球形地球探测车做最后的道路测试。"年轻的发明家说，"你来掌控怎么样？"

"好的，伙计，我会根据节奏调整履带的。"

巴德去了放置球形地球探测车的飞机库那里，起重机和球体已经被分开了，巴德爬进驾驶舱，把它开到外面。

在十五分钟里，巴德尝试了各种速度来测试履带，向后、向前、转身。他面露喜色，十分满意。

"汤姆总是知道怎么将机器组装起来，让他们发挥各自最大的作用。"巴德自言自语，"我要去那个池塘边缘，放好特瑞。"巴德所指的池塘是斯威夫特企业集团地盘上那个很深的人造测试池。

这辆设计超前的探测车以每小时八十千米的速度向前急速移动，在这过程中，巴德并没有刹车，而是决定让它滑行走完最后的三米。离池塘还有一米多时，球形地球探测车突然没有任何预兆地加速向前冲去。巴德赶快猛踩刹车，但已经来不及了。

探测车和驾驶员一起冲进池塘深处！

巴德以迅雷不及掩耳之势打开窗子爬了出来，屏住呼吸，游到水面。片刻之后，他站在河堤上懊恼地试图弄明白发生了什么。

过了一会儿，来了一些工人，汤姆也被叫来了。

"天啊！真抱歉。"巴德对他的朋友说，"我没弄清哪里出

了问题。另外，特瑞可能损坏了，我们的出行要延期。"

听完事情的经过，汤姆用一只胳膊环住巴德的肩膀。他微笑着说："责任都在我。球形地球探测车中有个插入的自动供电装置，供紧急情况使用，比如主要电源被切断时。它本应该是断开的，但显然那时连上了。"

汤姆叫来一支打捞队，把沉下去的车捞上水面。检查后发现，年轻科学家的猜测是正确的，那个设备现在处于连接状态。让巴德宽慰的是，发动机处于有序工作状态。但水从排气装置进入了车里的每个角落，于是，车被带到喷装车间的干燥室进行处理，很快，球形地球探测车就恢复到极好的工作状态了。

那天下午晚些时候，汤姆、巴德和克雷格聚在汤姆的办公室讨论关于离开的安排。

"还要多久？"克雷格问。

"几天之后。"汤姆回答，"我们得等斯特林、汉森和那两个机组成员有合适的时间。"

汤姆办公室电话响了，他拿起听筒，过了一会儿说："请拿进来，特伦特小姐。"

秘书打开门交给他一份电报。汤姆飞快浏览之后，脸色变得苍白。

巴德注意到他朋友担忧的表情。"说了什么？"他问。

"这封电报，"汤姆低声说，"来自我们要考察的国家当局。"

"坏消息吗？"克雷格立刻问道。

"简直是悲剧！"汤姆答，"我们被拒绝，无权进入那个国家进行考察了！"

第九章 临别之惊

汤姆和他的同伴都因电报上的消息震惊了。他们的计划、努力、时间——都白白浪费了。

"为什么这些非洲人之前不告诉我们呢?"巴德低吼。

汤姆继续凝视着电报,一会儿他说:"我想知道这封电报有没有什么疑点。在我看来,这样一则消息应该首先发给我们政府,然后才转交给我。"

"我相信你是正确的。"克雷格说。

"你的意思是说,"巴德插进来,"也许霍普林或者卡梅伦和某些官员合谋,想出拍这封电报的主意?"

"有可能。"汤姆回答,"不管怎样,在进行下一步动作前,我想要和爸爸谈谈这件事。"

这场父子之间会谈的结果是斯威夫特先生同意仔细调查电报,立即进行。几个小时后,他叫儿子去私人办公室。

"汤姆,"他说,"你可以按原计划出行,因为那封电报是个骗局。那个国家当局表示,他们从未发布过你收到的这道命令。"

"总算可以松口气了!"汤姆说,笑容里充满对实行非洲考

第九章 临别之惊

察计划的期待。

"实际上,"斯威夫特先生继续说,"他们希望你们去。但他们警告说,一些土著在玛巴维基部落的所在地捣乱。"

汤姆微笑说:"有幸运之神眷顾,还有一些外交手段,我们这群人应该能和土著做朋友。"

"从某种意义上讲,你说得对。"汤姆的爸爸说,"但是有时候很难和土著建立友谊,他们出于本能不相信陌生人。你们一定要做好各种防范措施,来抵御可能的袭击。"

"我会的。"汤姆答。

他马上把消息告诉了考察团队的其他人。大家都舒了一口气,巴德兴奋地高声叫起来:"我已经患上丛林焦虑症了。"

作为额外的安全预防措施,汤姆决定带一辆斯威夫特工程公司的常规小坦克去丛林,它坚固无比,能保护他们毫发无损,而且坦克里配备了空调,能让大家在温度升到四十八摄氏度时感觉舒适一点儿。

出发前的准备如火如荼,最终,探险者们做好了一切准备。

"我们明早五点出发。"汤姆对他的朋友们宣布。

那天晚上,桑迪和菲利斯给汤姆、巴德和克雷格准备了一个充满惊喜的送别晚宴,来了二十个年轻人,斯威夫特家的起居室一派生机,充满兴奋的谈话声。

"你们去的真是个好地方。"一个叫威尔·布朗的年轻人说,"我听说一个部落族长有二百五十磅重,还有许多老婆!"

"离他远点,汤姆。"金发碧眼的简·登顿命令道,"他可能要送个老婆给你!"

"在那个国家有个年纪很大的族长,但那不是重点。"威尔说,"他神圣到不能接触大地,因为大地太肮脏太古老了,于是他去哪里都有人抬着——不管是去床上睡觉,去浴室洗澡,还是去桌边。"

"哇!真享受!"巴德叫道,"我想找到那个老家伙,代他享受一会儿。"

聚会达到高潮,桑迪宣布开饭,大家鱼贯进入餐厅,茶点、自助在那里等着大家。

年轻人把食物往盘子里堆时,巴德笑着说:"简直太棒了!我们每天都应该准备出发去非洲!"突然,他的表情变为震惊。他指着大厅门口叫道:"啊!谁让那玩意儿进来的?"

那里站着一个装扮奇异的人。

大家定睛看了一下,认出来那是乔,他被叫过来帮忙准备茶点。他把自己打扮成一个在他看来穿着考究的非洲土著,用褐色化妆品在皮肤上画了土著部落成员画在脸上的图案。头饰上有长长的羽毛,垂到脸上像香蕉皮。红色的短草裙差不多到他的膝盖。由于妆画得太少,没化妆的腿看起来就像两条锈得厉害的雨水管道。

年轻人们发出一阵狂笑,但是显然乔进来不是为了故意制造幽默,他在羽毛后大声嘟囔。

这个Q城人愤怒地走进厨房,但片刻之后拿着大托盘回来了,托盘上的一大堆绿色植物还冒着热气。

"那是什么?"汤姆问。

"这些是我从一个满是热带鱼和热带植物的地方带来的。"

第九章 临别之惊

厨子回答,"尝尝我的烧灌木蒿吧,味道很好!"

为了不再次伤乔的心,每个人都从这盘热带混合物中挑了一点儿。巴德第一个用叉子把这堆绿色挑起一点儿,然后吞下一小口。他痛苦的表情让人以为他把叉子吞下去了!

"你确定你烧的不是包装袋吗?"巴德脱口而出,"真是袋里面的东西?"

汤姆深吸一口气,闭上眼睛,放了些这种不寻常的食物到嘴里。"尝起来就像腐烂的菠菜和辣根酱。"他对巴德低声说。

"你们喜欢吗?"乔咧嘴大笑着问。然后,他没有等其他人回答,补充道:"这道菜是我自创的,我还找到一本满是丛林菜谱的书,我想去非洲试试。"

汤姆没有回应乔,他决定等个合适的时间再解决这一威胁。

聚会在午夜散去,在斯威夫特家的每个人都立即上床去睡几个小时,到了起飞时间,包括菲利斯牛顿在内,所有人都去了企业集团的飞机跑道为他们践行。

"汤姆,一定要小心啊。"巨大的飞行实验室从它的地下飞机库起飞时,菲利斯祈祷道。

汤姆用手臂环过她的肩。"我很快就会回来。"他安慰菲利斯。

同时,桑迪和巴德也在道别。

汤姆吻了他的妈妈和妹妹,用力握了握爸爸的手,然后爬上庞大的飞机,坐在飞行员的位置上。巴德是副驾驶员,坐在他旁边。克雷格坐在后面。

进行了达到军队标准的起飞精密测试后,巨大的飞机准备起飞了。让汤姆很高兴的是辛普森医生能有十一个小时的空余来加入这次考察，除了担任随队医生，这位年轻的医生还想做一些关于非洲医者治疗方法的调查。

汤姆在检查仪器时想到了霍普林和卡梅伦。自绑架事件后，就再也没听说过他们的消息。他们现在在哪儿？那份试图让汤姆留在家的电报是不是他们搞的鬼？他们在非洲设好陷阱了吗？

"我们睁大眼睛，一定会有所收获的。"汤姆决定，他按了一个开关，喷气式飞机发出雷鸣般的声音。考察团队和跑道上的人们挥手道别，在道别声中，巨大的飞行器飞上天空，一开始速度较慢，然后突然加速。

到达一定高度后，汤姆加了前推力，后拉操纵杆。"蓝天女王"向前冲出，在送行人们的视野里越来越小。

"这艘飞船真不错！"克雷格说，他不停地对汤姆飞行实验室的操作灵便性啧啧称奇，直到乔端进早餐。

很快，海岸便被远远甩在后面，绿色的海水也渐渐变成幽蓝。飞行器以每小时两千千米的速度飞行着，男孩们享用着火腿和鸡蛋。

"教我们一些我们要去的国家的语言吧。"巴德请教克雷格。

那位领航员笑了："难以置信的是当地有三十八种不同的语言——那个地区有两百个部落。但是和领土面积比起来，人口相当稀少，土地大小相当于A国四分之一，但是人口只有A国的十六分之一。"

"那就给野生动物留下了更多生存空间。"巴德说，"有人对他们进行人口普查吗？"

第九章 临别之惊

克雷格大笑:"生存空间是足够了。我猜去那里的人都忙着开采那里的自然资源,没时间担心人口普查的问题。那个国家的铀和铜极其丰富,世界上百分之七十的工业用钻石都产自那里。"

"嗯,"巴德对克雷格眨了眨眼说:"那些最昂贵的钻石呢?汤姆有没有可能买个便宜的收起来拿回肖普顿给某位年轻女士呢!"

汤姆微笑,突然他皱起眉头,从座椅上跳起来。

"怎么了?"克雷格问。

"我们的引擎在渐渐停止工作!"汤姆说着,猛按节流阀。

巴德注意到,警报显示每分钟的转速在减小。

汤姆命令:"切断燃料泵助推器,巴德!"

他的朋友按了开关,但没有变化!汤姆再次查看了仪器。"正在快速下降!"他宣布,"如果我们不能在几分钟内重获动力,我们就得在海上紧急迫降了!"

第十章　惊魂六小时

"蓝天女王"向地面骤然下降,汤姆打开喷气式推举器来减缓下降的速度,但他不敢冒险让飞行器艰难航行几千英里。

年轻的发明家疯狂检查着仪器,寻找机械故障的原因,但并没有什么新发现。

为了缓解推举器的张力,汤姆使飞行器处于低而平稳的高度,但是提供继续航行的动力几乎为零。

"我们已经下降到四千五百米了!"巴德叫道,"我们要降到什么时候?"

汤姆没有回答,他再次调整了节流阀,但前进动力减少的节奏越来越快。

巴德瞥了一眼窗外,突然叫道:"汤姆,看起来是发动机的进气口结冰了!"

飞行员盯着机翼底部的孔洞看。"你说得对!"他说,"结冰让空气不能进入发动机!"

"结冰!"克雷格喊道,"天气晴朗!水汽从哪里来的?"

汤姆一拍前额。"我一定在做白日梦!"他说,"不久前我开着"蓝天女王"穿过卷层云,但没有想到这会聚集能够让进气

第十章 惊魂六小时

口结冰的水汽!"

"我来启动进气口除冰装置!"巴德说。

他冲到飞行机师的控制仪表盘前,就在克雷格座位后面,按下一连串开关。没有变化!

"冰太厚了。"巴德喊道,"弄不碎!"

"我们已经下降到三千米了!" 克雷格看了一眼高度计宣布。

汤姆咬紧牙关,切断喷射器,推动控制机轮前进,"蓝天女王"扎了个猛子。

他的同伴们盯着前面的防风玻璃,直到警报响起告诉他们到海面了。

"我的老天啊!"巴德尖叫,"你准备溺死我们吗?"

汤姆摇摇头,让飞行器保持俯冲姿势。然后,在似乎躲不开要撞上水面时,他将控制轮小心翼翼地向后拉,让飞机机头抬起。俯冲姿势的快速调整让机舱里的人感到身体十分沉重,汤姆眼前变得模糊,好像蒙上一层灰纱。

"现在不是晕倒的时候!"他坚定地想。机轮向前轻微移动了一点,减小了上升的角度,快昏迷过去的感觉消退了些。

克雷格紧紧抓住座椅,吃惊地发现他们离海面只有几英尺。尽管巴德和克雷格知道原因,但是还是觉得不安。

而飞机上的其他人都吓坏了。飞机还没接触水面,汉克·斯特林就在对讲机里叫道:"汤姆,为什么要玩杂技?"

"除去发动机进风口的冰。"飞行员回答。

在他勇敢的操作下,任务完成了。冰开始掉落,高速气流带着它们向后飞去,就像追踪者的子弹。渐渐地,飞机恢复了动力,转速指示表上的数字也在增加,真是令人高兴。

厨房里传来乔激动的声音:"看看我的破平底锅吧!自打我在一匹小野马上弄丢了一个马鞍,就再也没有这样的乘坐经历了!"

"我很高兴都结束了。"汤姆说,擦掉前额上的汗。

他向其他乘客解释了自己异常的举动。"希望我没带给你们十年来最大的惊吓。"他补充道,"但是我确定,这样能够抖落冰块。在一年中的这个时候,"他解释道,"水比空气温度高。因此,通过导热,和水面距离十五米内的空气都被加热了。"

他们重新回到正常飞行高度,剩下的云上之旅颇为顺利。起飞六小时后——现在是当地时间下午五点——汤姆开始降落。再过几分钟就到他们的目的地了,"蓝天女王"机舱里的人兴奋起来。

"我看到前面的城市了!"巴德喊道。

每个人都惊讶地盯着展现在他们面前的城市:造型现代的首都在绿色丛林中尤为耀眼,就像暗夜天空里的一盏明灯。

汤姆让庞大的飞机倾斜了一些,向城市东边的现代化机场飞去,收到控制塔的许可信号,他熟练地操作着飞行实验室着陆了。

有一些小汽车来迎接这群A国来的客人,在当地官员欢迎了汤姆一行人到来后,他们被邀请进城。

除了两个机组成员留在"蓝天女王"上守卫以外,其他人都

第十章 惊魂六小时

接受了邀请。

在去往利市中心的路上,探险者们欣赏了这座充满魅力的城市。郊区的街道旁是装修精美的房子和学校,市中心的现代化摩天高楼林立。汽车很快驶到了艾伯特勒大道,像丝带一般宽阔的道路从这个非洲大都市中穿过,路上是豪华现代的汽车和着装高雅的男男女女。

"真有趣。"乔对克雷格说,"我之前以为在这儿只有一些泥巴小屋,人们穿得破破烂烂呢。"

"非洲完全不同了。"克雷格微笑着说,"但是仍有未开化的地区,乔。从市中心步行十五分钟,就能到达一片茂密的丛林。"

当这群旅人到达酒店时,彬彬有礼的服务员带汤姆和他的同伴去看了他们整洁、现代的房间。护送他们的官员在确认他们一切满意之后离开了。

十分钟后,有人敲汤姆和巴德房间的门。"进来!"他喊道。

进来一个身材高大、皮肤黝黑,穿着白色制服的外国人。

"小汤姆·斯威夫特先生?"他询问道。

"没错。"汤姆回答,然后向他介绍了巴德。

"我叫弗雷德里克·肖坡弗。"来者说道,"来自本地警局总部。"

"您好,先生。"汤姆回答。

"我收到一封来自您警卫的电报。"这位官员陈述道,"一位叫艾姆斯的先生。"

"噢，对。"年轻发明家微笑着说，"我告诉他我想和当局取得联系。"

"随时为您效劳。"来访者说。

"谢谢。"汤姆回答，"我必须得说你来得很及时。"

他告诉这位官员他关于霍普林和卡梅伦的怀疑，并拿出克雷格画的素描。

"我的手下会密切关注这两个人的。"官员说道，"我们不希望这个国家有任何不受欢迎的人。"

他站着仔细考虑了一会儿，然后继续说："我不知道和这有没有联系，但是今早有架身份不明的飞机被目睹在城市上空飞过。飞机产自A国，穿过丛林往东北方飞去。这也许和你们的考察没有关系，但我觉得应该告诉你。"

汤姆沉思着点点头："非常感谢，先生。谢谢您的合作。"

那天晚上，他和他的朋友们沿着主街道漫步，到了睡觉时间还没有睡意——他们的时差还没调整过来。

第二天，来访者们来到了这座城市的非洲原始部落地区。这里正在举行一个部落间的会谈，不同部落的代表在这里见面，讨论部落间的法律和规范。会议以盛大的欢庆晚宴结束，令那些探险者叹为观止。

在巨大的篝火四周，一些部落里的医者在跳舞，他们戴着奇怪的面具并且发出咔咔的诡异震动。辛普森想弄明白这种宗教仪式的重要性，但那些首领不会泄露任何相关的秘密。

其他的土著缠着腰带、穿着草裙，还有一件简单的袍子，神情肃穆地注视着这些仪式的进行。巴德被一些下嘴唇垂得厉害的

第十章 惊魂六小时

女性深深吸引了。

第二天黎明，宁静的天空被"蓝天女王"强有力的喷气声划破，汤姆飞往他们旅程的最后一站——玛巴维基村附近的神秘大山。下面是微微发光的绿色森林，偶尔出现草原，那是放牧水牛和羚羊的好地方。

"这种丛林有些区域即使是步行也难以进入。"克雷格指出，"走一小段路就要花几天。"他一直在热切地观察地形，最后激动地说："快！汤姆！向右急转！"

年轻发明家操纵飞机转了个弯，克雷格研究了下面的地形。

"那就是我失事的地方！"他突然说，"看那里！有雾，但是你可以看到那座'魔山'的轮廓，我们正在向那里前进。"

汤姆和巴德敬畏地凝视着。"克雷格，"汤姆说，"你能从那里活着回来真是幸运！"

"我知道。"飞行员表示赞同，然后说，"玛巴维基村大约在东北方五千米处。"

"蓝天女王"用了很短的时间就到了那里，克雷格指着一排几乎掩映在高耸树木下的小房子，它们用泥巴做成，屋顶用草盖着。

"就是那个村子！"

男男女女老老少少的土著居民都冲出来向天上看。

"我们在村西边的空地上降落。"汤姆宣布。

他操作飞行实验室盘旋着，然后停在选好的降落地。大飞船降落时有不小的噪音。

考察队员们走出飞机，凝视着周围。丛林里多么宁静，空气多么清新啊!一行人陶醉了,站在那里谈论了一会儿周围奇异的异域美景。葡萄藤、正在开放的颜色形态各异的兰花攀缘在树上,大量蕨类植物构成了热带雨林的边界,它们的叶子有三米多长。

鸟儿们被蓝天女王吓到,轻快掠过树林时都尖声叫嚷。克雷格指着品种颜色繁多的鸟类说,这些鸟类中许多都和鹦鹉属于一个家族。

大约二十个土著男子持矛出现在树林里,克雷格还没用玛巴维基说的班图方言和他们说话,土著就跪了下来,十分谦卑地向他们鞠躬。

汤姆朝他们走去,开心地说:"看起来他们很和善。"

但是他们的领头人物发出信号后,土著突然停止磕头,站起来猛地朝这群A国人掷出他们的矛。

第十一章　防守行动

这些来访者猝不及防,在第一波长矛来袭时扑倒在地,危险地避过。

"去飞机里!"汤姆喊道。

他的同伴无须催促便冲向了"蓝天女王",但是快到的时候,那些狂野叫喊着的土著发起了第二波长矛攻击。一些武器撞上机身,一支矛柄斜过来撞到斯特林的肩膀,他跌倒在地。汉森抓着右腿发出痛苦的叫喊。

其他人已经进到飞机里面了,巴德帮助斯特林爬上梯子通过舱门。汤姆跑向汉森,他的面部因为痛苦而扭曲,但仍想站起来。

"快!我来帮你!"汤姆说,"靠着我!"

在年轻发明家的帮助下,汉森成功爬上梯子,平安进入飞机。汤姆尾随他爬进飞机,猛地关上舱门。他们进去得很及时,第三波长矛又飞来,撞在"蓝天女王"一边的机身上!

进攻者们感到很沮丧,他们走过来,尖叫着,用拳头击打飞行实验室的机轮。"这些家伙会毁了我们的传动装置的!"巴德低吼,"我们回击吧!"

第十一章　防守行动

这时，克雷格冲向汤姆，说道："这些人不是玛巴维基部落的！他们是我说的那个叫欧纳利斯的部落，玛巴维基的敌对部落。我们最好在他们搞出破坏前离开这里！"

"我们要离开，但还会回来的。"汤姆说，他坚定地紧绷下巴，"我马上要用推举器让他们受到一生中最大的惊吓！"

之前，汤姆用喷气式推举器避开过敌人，这次他决定故技重施。汤姆分开人群走向飞行员的隔间，坐在控制台后面。他飞快按下发火装置的开关，机舱里充斥着低沉的嗡嗡声。

几秒钟后，响起了震耳欲聋的声音，火舌从飞行实验室下方喷出。随着飞船往上飞起，那片地区充斥着烟雾和热浪，震耳欲聋的声音在丛林中回荡。

欧纳利斯部落的人们警觉地跳了回去，但他们脸上都绽开了满意的笑容，因为这些不受欢迎的陌生人离开了。

"我们会笑到最后的。"巴德得意地笑着。汤姆降低了飞机，向那些土著战士发起另一次猛攻。

土著们害怕地尖叫着，逃到树下寻求保护，长矛散了一地。汤姆追着他们飞了八百米，然后才掉头回去。"我想短时间内都不会再见到这群人了。"他说，然后将飞船降落在空地上。

同时，辛普森医生在飞机上的医务室里处理着斯特林和汉森的伤。医务室虽然狭小，但配备精良。斯特林的肩膀仅仅是擦伤。汉森的伤势更严重，但幸运的是矛头不锋利，没有刺到很深的肉里。

"但你的腿要疼一段时间了，几天不能走路。"医生说。

让汤姆感到宽慰的是，战斗没有造成更糟糕的结果。接着，在他正准备讨论前往那座山的行程时，扩音器里传来休息室中巴德担忧的声音。

"这些好战分子回来了！"他喊道。

汤姆冲到他朋友身边。克雷格挨着巴德站着，盯着窗外。突然他重重叹了口气。

"他们不是之前那批土著。"克雷格说，"这些人是玛巴维基部落的！"

"他们友善吗？"巴德问。

"我不知道！"克雷格回答，"但我认得那个身材高大、肌肉结实的领头人。那是他们的酋长，马库哈。"

克雷格赶紧走到一个舱门前，打开它。"马库哈！"他喊道，"马库哈！"

那个酋长停下了脚步，显然，听到有人叫他的名字，他很吃惊。

"没想到吧？——是我——克雷格。"

领头的人谨慎地走了过来，盯着站在舱门口的人，他的表情十分震惊。

"是你！"他用英语说，"你回到玛巴维基了！"

然后，马库哈注意到汤姆和巴德。"你带朋友来了！"他说。

酋长转过身面对他的子民，开始用班图语和他们说话。

"他在说什么？"汤姆问克雷格。

"他在告诉其他人我一定是个神灵。"克雷格回答，"我能在离那座山那么近的地方活下来就是证据。至少，马库哈是这

么认为的,能够再次出现在这里说明我是神,他们不会伤害我们。"

巴德咯咯笑起来:"这么说来我们剩下的人就是天使一类的啰。我还是第一次享受这样的待遇呢。"

克雷格告诉马库哈他们一行有多少人,是如何遇到袭击的,还有汉森因受伤只能待在室内的情况。

"对他我感到很抱歉。"马库哈用英语说,"但是剩下的人跟我走。"

"我们不能拒绝。"克雷格告诉汤姆和巴德,"这会冒犯他们的。"

邀请通知到其他探险者那里,但斯特林坚持和汉森待在一起。

马库哈带着其他来访者走向他们的村子。随着他们靠近,这群人能够听到单调的念咒声,还伴随着手鼓的节奏。在土著们安营扎寨的地方,男女老少都面带微笑等着这群A国来客。有些人几乎没穿衣服,有些人穿着颜色鲜亮的手工裙子,戴着动物牙齿或者鸟类羽毛制成的项链。

一个小男孩坚持要走在汤姆旁边,于是汤姆把那个小家伙扛在肩上,骑在他肩上的小家伙和村子里其他小孩子咯咯笑着,发出快乐的尖叫声。

"在A国,爸爸们都这么做?"马库哈问,"玛巴维基部落的人没玩过这个游戏。"

汤姆不得不轮流和每个小孩子做这个游戏,等结束的时候,年轻发明家已经成了村里孩子们的英雄。

马库哈很高兴，但是在克雷格宣布此行目的时他突然神情严肃起来。

"你回来是要探索禁忌之山？"他不相信地问。

"是的。"克雷格说。

马库哈皱起眉头。"不要再来村子里了，这是禁忌。"

"但我们做好了各项预防措施。"汤姆试着让他心安，"没有任何危险，而且我们可能需要你的帮助。"

"不，不行！"马库哈强调说，"但是今天你们还是玛巴维基部落的朋友，我们为山里的火神准备了盛宴和舞蹈。"

"谢谢。"汤姆说，他明白说服首领改变主意是不可能的了。

克雷格转向汤姆。"我只见过一次那样的盛宴。"他说，"但我可以告诉你，那种经历你会终生难忘。"

第十二章　黑魔法

随着夜幕降临，手鼓声响彻玛巴维基的村子。准备宴席的土著都匆匆做着自己份内的事情，有的人清理附近溪流里抓来的小鱼，有的人照看烤玉米，厨师正在煮可食用的木薯叶子。

汤姆和他的同伴在太阳下山后再次进入村子。马上，一个土著称之为姆夫姆的医者用一种疯狂的节奏绕着探险者们舞蹈，并在他们周围撒一种彩色的粉末。

"那个医生，"克雷格说，"只是为了确认我们没有携带达哇。"

"达哇？那是什么？"巴德问。

"达哇的意思是恶魔之眼。"飞行员答，"本地人相信人可能携带凶兆，想把它赶走。"

"我没带任何东西！"乔叫道。

"我不是这个意思。"克雷格笑着说，"达哇不是一种看得见摸得着的东西，简单说来就是坏运气——黑魔法。也许是在庄稼需要水时不下雨，也许部落里的一个成员生病了，这些玛巴维基人不懂科学，他们把所有都归咎于达哇。"

玛巴维基人开始在村里的广场上集合，围坐成大圆圈。手鼓声变得狂野起来。

"每个到非洲的人难以忘怀的一件事，"克雷格说，"就是鼓。它的节奏萦绕在脑海里，有时我在梦里还能听到。"

"哇，我来当个斗牛士！"乔大声嚷着，指着土著坐下形成的竞技场，"那里有些男人想要杀死对方！"

探险者们转身去看，两个二十出头的玛巴维基人正抓着对方在搏斗。

"他们不是真的打架。"克雷格解释，"他们在摔跤，这是部落里最受欢迎的运动。"

"但是他们不像我们一样搏击。"乔说。

"我们国家的摔跤只允许跌倒一次。"克雷格说，"如果一个参赛者除了手脚外身体的其他任何部分接触到地面，他就输了。"

在那时，一个摔跤运动员被对手紧紧抓住了。一番激烈的扭打后他将对方扔到地上，观众高兴地喊叫起来。

"我想他们对这一切了如指掌。"乔赞同地点点头说。

"马库哈在哪儿？"汤姆问克雷格。

"在他的小木屋里。根据传统，酋长一直待在那里，直到宴席顺利开始。"

几场摔跤比赛后，年轻女子为来访者们端上第一盘菜——堆在巨大木质浅盘里的是塞满棕榈叶、冒着热气的混合物。

"吃的！"乔叫道，"来得真是时候！我现在比一匹小饿狼还饿！"

乔急切地伸手抓了一些绿色的菜。"这是什么？"他问克雷格。

"木薯面包。"

乔狠狠咬了一口,使劲儿嚼起来,其他人也各拿了一份。"味道不错。"他说,"有点硬!"

"很高兴你能喜欢。"克雷格露齿而笑,对其他人眨了眨眼。

"这里的木薯面包是用什么做的?"乔问。

"呃,"克雷格说,"他们首先煮木薯叶子,然后捣烂叶子做成很重的蛋糕,加进去一点米,一些玉米,有时——腐烂的蛋。"

乔的脸突然血色全无,他停止了咀嚼,望着前方,表情茫然。

克雷格忍不住告诉大家更多丛林菜谱。"有时,"他看着乔抽搐的脸继续说,"会加进去一些蝙蝠、乌鸦、蛇,或者毛毛虫的肉。"

乔已经忍不住了,他开始喘不过气来。"我受到打击了!"他嚎叫道。随后跳了起来,穿过丛林,疯狂地冲向"蓝天女王"。

汤姆和其他人,除了克雷格,都歇斯底里地笑了起来。

"我不是故意要骗乔让他吃不了晚饭的。"克雷格说。

突然,鼓点声和念咒声平息了,整座村庄笼罩在宁静里。

"现在是什么?"挨着克雷格的巴德低声问。

"马库哈要出场了。"

所有人的目光都聚焦在酋长的小木屋上。兽皮制成的门向后打开,首领从微微打开的门里走出来,他的宽肩上裹着一张厚重的美洲豹皮，戴着动物牙齿制成的项链。

这位酋长走到他的王座前，王座是一个巨大的、藤蔓缠绕的石头。他挥了挥手，示意击鼓和念咒继续。

穿着木薯叶、带着木质项链和手镯的男舞者跳到了空地上，他们身后跟着的舞者都戴着可怕的黑白面具拿着弓箭，悬挂的铃铛和木质响板在腰间摇晃。

"这是个仪式舞蹈。"克雷格解释，"那个舞者代表马班古，捕猎者。面具上的黑白颜料就是标志。黑色代表他给猎物带来死亡，白色代表他在这场捕猎中给部落带来生机。"

"土著在用舞蹈讲故事呢，对吧？"他们中的一个问道。

"没错。扮演马班古的舞者会去打猎。当他结束的时候，代表战士齐突加的舞者会表演一场搏斗。接下来上场的是医生恩甘达，商人马卢巴等。"

"太吸引人了！"汤姆评论道。

"因为我们是客，"克雷格说，"不要招人反感，我们最好吃点接下来上的菜。"

"不用了，谢谢！"巴德坚决地喊道。

"不用担心。"克雷格说，一个土著女孩把小木碗递给汤姆和其他人，她往每个碗里倒了些有颜色的液体。

"这是什么？"巴德嗅了嗅问。

"这叫班甘珠。"飞行员回答，"女人们捣烂棕榈树的果实，用热水提取出油，这种油水混合物里再加上调料——捣烂的上好木薯叶子。"

"你确定这里面没有蝙蝠肉或者蛇肉？"巴德问。

第十二章 黑魔法

克雷格大笑说:"我确定!"

探险者们喝了这种液体,令他们吃惊的是,这种混合物还算不错的饮料,可以接受。接下来上的是棕榈油烹制的鱼、玉米和肉类。

"好吃。"巴德说。

随着庆祝活动继续,来访者们感到吃饱了,甚至撑得有点不舒服了。

"我们最好在睡着前离开。"汤姆咯咯笑着建议,"明天还有很多工作在等着我们。"

克雷格走近马库哈,代表一行人和他交谈。他表达了他们不得不离开这个盛大宴会和这些有趣表演的遗憾,还有对这位酋长的感谢。然后探险者们回到了"蓝天女王",很快进入了梦乡。

第二天一早,汤姆被斯特林摇醒。"汤姆!"他叫道,"汤姆!"

年轻科学家从床上坐起来。"怎么了?"

"有昆虫入侵了!一个小舱门没关上。"

这时和汤姆睡在一个舱内的巴德醒了,他们很快穿上衣服跟着斯特林来到走廊。墙上、天花板上,到处都是三十厘米长、互相撕咬的昆虫。它们飞到男孩们的脸上,叮咬他们的皮肤。

汤姆遮住嘴,阻止一只虫挤进他的双唇间,问道:"每个人都关了舱门吗?"

"我关了。"斯特林说。

"我们要用杀虫剂了。"汤姆说,"但是我们首先得检查一下这些虫子。"他抓住一只仔细观察。

"从没见过这种昆虫。"他咧嘴笑道,"像蝗虫又不像蝗虫。"

他们抓了些虫子装到大金丝笼里准备带回肖普顿。斯特林把笼子拿到生物实验室后,汤姆命令使用杀虫喷雾。成千上万的虫子一会儿就被消灭了,然后放进了焚化炉。

"我们的麻烦还没结束。"斯特林报告说,"看外面。"

汤姆透过窗子向外看。空气中,还有机身表面,是数以万计的这种大型昆虫。

"怎么才能弄掉它们?"斯特林问。

"我来解决这些害虫!"汤姆说,"飞行一小段会把它们抖落,我用喷气机喷出来的气消灭这群家伙!"

汤姆冲到飞行员位置,启动飞机。随着"蓝天女王"离开地面,虫子都从飞行器上掉下来。达到一百五十米的高度后,汤姆降了下来,飞机喷出火花和热气。降落之后,机上人员高兴地发现虫子都被消灭了。

乔建议汤姆说:"想起了我的马蝇,但显然那种虫子比较好解决。也许你应该挂出你的招牌——'创业杀虫公司'——再大的虫也能杀死。"

辛普森医生通过对讲机呼叫汤姆时,汤姆正在一片喧闹的笑声中。

"请马上来医务室,汉森情况突然恶化。"医生严肃地说。

汤姆立即冷静下来,赶往医务室,乔跟在后面。

汉森处于昏迷状态,呼吸非常困难,他们深感不安。

"发生了什么?"汤姆问,"一个小时之前还好好的。"

"这个我知道。"医生回答,"我猜扎到汉森的矛头上蘸有慢性毒药。"

"我们没有解药吗?"汤姆担心地问。

"我们不知道是什么毒药,"辛普森医生回答,"所以我只能给出普通解药,但看起来似乎没有效果。我会记录他的脉搏和呼吸,如果一个小时内还没有改善,我们最好飞回首都寻求帮助。"

汤姆和医生都很担心,没有注意到乔离开了医务室。片刻之后,汤姆转身和厨子说话,却发现他已经消失了。

"他能去哪儿?"汤姆问自己。

不到三十分钟,乔回来了,旁边是玛巴维基部落的医者首领。

"好家伙!"巴德在他们进入病房时喊道,"你们不会同意让这个骗子来治汉森吧!"

"等等!"辛普森医生在巴德拦住他们时插身进来,"这些非洲土著医生对于丛林里的病比我们知道的要多,让他来看看汉森吧。"

克雷格用班图语同医生说了几句,他告诉医生欧纳利斯部落的长矛刺进了汉森的腿。

"依库姆!"那个高大的土著喊道,克雷格说这个词的意思是"长矛"。他走到汉森床边,简单检查后,对克雷格说了些话,然后离开了医务室。

"刚刚发生了什么?"汤姆问。

"他很快就会回来。"克雷格回答,"他去采一种草药了,辛普森医生对于长矛上有毒药的猜测是正确的。"

"他解释了毒药的性质吗？"辛普森医生问。

"没有。"飞行员回答，"我只知道这是俾格米人用的一种毒药。他们从一种叫马都拉植物的白花中提取汁液，在这种液体里浸过的箭可以致命。"

土著医生很快拿着一把草药回来了。他将草药在木质研钵里捣碎，得到了一些绿色液体。探险者们紧张地站在旁边，这时，土著医生将几滴这种液体混在水里，给汉森灌下去。

"希望我们在做一件正确的事。"汤姆低声说。

"这是我们唯一的机会。"辛普森医生说。"汉森的病情在急剧恶化。"

医生坐在床边，低声说了一些咒语。一会儿，汉森开始在床上翻滚，嘴里冒出来难懂的词组。但是医生似乎不为所动，继续念咒语。

汤姆和他的同伴们担心地看着，想知道这种原始疗法是否有用！

第十三章　愤怒的美洲豹

到了早上，医务室里那位医生还在继续念着他的咒语，中途汉森喝了几次那种饮料。

"他怎么样？"到了中午，汤姆问辛普森医生。

让他闷闷不乐的是，没有什么起色。"如果汉森发生什么不测，我永远不会原谅自己。他现在这样都是因为我，如果不是因为我的考察，他现在还平平安安地待在肖普顿。"

下午晚些时候，当辛普森医生报告汉森不再胡言乱语，而是睡得香甜时，紧张的气氛多少缓和了些。"是个好迹象。"他说。

玛巴维基村子里传来咒语和手鼓平稳的鼓点声，克雷格解释说这些友好的土著认为汉森的病情由山里的火神引起，火神不愿被打扰，他们正试着用自己的祈祷平息火神的愤怒。

汤姆感受到这种友情，觉得什么东西堵在了喉咙。对一个受过高等教育的人来说，不管他的宗教信仰是什么，也不会比这些原始部落的人更真诚、更坚定了。

"蓝天女王"外，一些面露敬畏的土著站立着，耐心地等待汉森的消息。六点的时候，辛普森医生突然站起来俯在病人身上。"我想汉森正在恢复!"他满怀希望地低声说。

消息传遍了机舱,机上的每个人都冲到汉森床边。这个可怜的人动了,将一只手放到脸上,片刻之后他睁开了眼睛,然后又闭上了。

"汉森!"辛普森柔声唤道,"很高兴你能醒过来。"

"医生?辛普森医生?发生了什么?"汉森睁大眼睛问。

"你中毒了,但现在没事了。你感觉如何?"

汉森扯出一个扭曲的笑容。"就像在大西洋的水下游了场泳。"他说。

"过几天你就健康如初了,多亏了这个人。"医生说。

汉森才第一次注意到从他床边站起身来的土著,他正向门边走去。当辛普森医生宣布那个土著救了亚弗·汉森的命时,汤姆激动地紧紧握住他的手,克雷格用班图语对他大加感谢。

"等等!"汉森在土著医生离开房间时喊道。

但那个人一脸严肃,一言不发地离开了,仿佛神情恍惚。踏上土地时,他加快速度,那些土著跟着他一起离开了。

紧张消失后,每个人都放松起来。乔爱开玩笑的天性又回来了,"我要为汉森准备一顿特殊的饭菜。"他宣布。

巴德咧嘴笑道:"先给那个可怜的家伙一个恢复的机会吧,我们可不想他旧病复发。"

乔丢给巴德一记白眼,跺脚离开了医务室,震得整个大飞机都嗡嗡作响。"我会给你煮些毛毛虫作为早餐!"他威胁道。

但是到了第二天吃饭的时间,他端上来橘子汁、培根、华夫饼,高脚杯里盛着冰可可,为汤姆、巴德和克雷格神秘的探险做

第十三章 愤怒的美洲豹

好准备。以防他们要在那待上几天,他还打包了些可以维持好几天的食物。

"谢谢你,乔。"汤姆说着咧嘴笑道,"回来的时候我会给你带一些装着那种气体的容器的。"

"就是把事情闹大的那玩意儿?"厨子气喘吁吁地说。看到汤姆眼里的光芒,他补充说:"记得我生锈的马刺吗,你就和那家伙一样坏啊!"

用来在茂密丛林中开路的小坦克从飞行实验室舱门外的斜坡上滑了下来,男孩们爬进去检查了设备。

"出发吧!"汤姆催促,片刻之后,这场盛大的探险就从灌木丛中开始了。

"我们要到那座山,这段路真不好走。"克雷格警告说。

坦克遇山开山,遇河过河,深谷、石头嶙峋的道路、厚厚的烂泥、森林、灌木都不能阻挡他们前进。片刻后,探险者们来到了繁茂的丛林。汤姆将坦克的速度调低了一档,小树和浓密的藤蔓让他们不得不改变道路。

最终,他们来到一个近乎成直角的斜坡,真正的险峻之处被茂密的植被覆盖。汤姆停下坦克。

"我不知道要不要试一下那个斜坡。"他从前窗向外望去,说。

汤姆从坦克里爬出来。"小心蛇和野兽!"克雷格提醒道。

"好的。"汤姆把右手放在手枪皮套上——为了应对紧急情况,他带了把枪。他眼睛飞快地扫过这个区域,每个方向都不放过。

汤姆努力地从茂密的树林里穿过，走到斜坡边上仔细查看后，觉得坦克可以接受这个坡的上升高度。

年轻科学家转身想回到朋友身边，但突然仿佛被定在那里了。前面一棵树下，两只闪闪发光的黄眼睛正凝视着他。低垂的树枝上蹲着一只黑色雌性美洲豹！这只巨大的猫科动物正准备跳起来！

他完全没有逃跑的机会，汤姆的第一反应是拔出枪。但他并没这么做，而是保持静止，想："如果可以避免，我不喜欢射杀这么美丽的动物。"

美洲豹也一动不动，活像一尊乌木雕塑，保持着准备猎杀的姿势。汤姆也保持着这样的姿势，但他的心跳得非常快。他会后悔等待许久而没有先一步行动吗？

一人一豹继续瞪着对方，汤姆几乎觉得自己被施了催眠术。"我一定不能让这件事发生！"他坚定地提醒自己。

突然他发现局势变了。看起来他对美洲豹施了催眠术！片刻之后那只巨大的猫科动物转身从树上跳了下来，离开了灌木丛！

"哟！"汤姆说，不仅舒了一口气，而且很震惊。他匆忙跑回坦克。

当年轻科学家讲述了发生什么时，克雷格责备他说："孩子，你实在是太冒险了！"

"不，他没有。"巴德反驳说，"汤姆可是催眠女孩儿的老手——连雌性美洲豹都可以！"汤姆拿起多余的防辐射头盔开玩笑似地向他的朋友砸去。

探险者们继续他们的旅程。

第十三章 愤怒的美洲豹

爬坡很轻松,坦克下起坡来也相当顺利,汤姆为他们的进程感到很高兴。

旅程中,偶然往窗外飞逝的景色一瞥,可以看到喧闹的猴子,有一次他们小心翼翼地欣赏了一条盘在低垂树枝上的巨蟒,还有时,大象会穿过丛林。

那天上午,十一点刚过不久,树木变少了,后来完全没有植物了。不远处耸立的就是他们的目的地——神秘的"火神之山"。山峰耸峙,积云环绕,山顶白雪覆盖。

"多美的景象啊!"汤姆喊道。

"上面是积雪,下面是火焰。"巴德说,"对了,裂缝在哪儿?"

"离这儿大约一千六百米。"克雷格回答,"靠近山脚。"

汤姆建议他们在驱车驶近前穿上防辐射服。于是三个男孩穿好衣服,调整好头盔,汤姆继续往前开。

"那里是最大的裂缝!"克雷格指着右边说。

汤姆停下了坦克,拿出用于收集气体的各种型号的自封口容器,将这些东西分发给两个同伴。

男孩们爬出坦克,克雷格带着他们走到狭窄的裂缝前。

"这就是那条让我们环游半个世界来看的裂缝。"巴德不以为然,说,"看起来没什么价值。"

"也许有。"克雷格说,"但裂缝下的东西很重要。"

"我们开始工作吧,这样就知道重不重要了。"汤姆不耐烦地催道。

各种不同的瓶子被一个个摆在裂缝上方。这种真空封口的容器有自动阀门，一有气体释放它们就会打开。容器外较高的大气压会让气体样本保存在里面，然后自动装置重新封住阀门。

完成这些后，汤姆盯着裂缝上方这排玻璃的、铅制的、覆有托马塞特的容器。"这样应该没问题！"他宣布，"我在想我们要等多久。"

一行人回到坦克里，将防辐射服的头盔取下。

"你不知道那种气体出现的频率？"巴德盯着那座山问克雷格。

"不知道。"他回答，"我之前没能做出一个准确的时间表。"

"我们可能要等好几天。"汤姆说。

上午转眼变成下午，太阳开始下山，但山里什么也没有发生。

"我们最好回'蓝天女王'。"汤姆说，"我有点担心汉森，我想确认那个土著医生的治疗方法不只是一时有用。我们早上再来吧。"

容器留在那里，三个男孩沿着他们在灌木和丛林中开辟出的道路返回。

斯特林从飞机里跑出来迎接他们，汤姆问："汉森怎么样？"与此同时，斯特林说："你们有什么发现？"

"汉森还好。"

"我们还没有什么好消息。"

第二天早上，汤姆、巴德和克雷格返回山里，差不多十点到达那里。"当我们不用自己开辟道路时，这还真不算远。"巴德说。坦克向裂缝开近时，他叫道："容器消失了！"

第十四章　敌人归来

这座神秘的大山再次玩了一个奇怪的花招！那些用来收集气体的容器消失了！

"这是我们放瓶子的裂缝吗？"巴德觉得难以置信。

"肯定是。"克雷格宣称，"你们记得裂缝边上的大岩石吗？"

另外两个男孩都点头。

失望的汤姆穿上他的防辐射服走出坦克，剩下的人以同样的装束跟着他。他们向前走，离那条窄缝更近。

"真是个难解之谜。"年轻发明家低声说，"克雷格，你完全确定，土著们不会偷走这些容器？"

"毫无疑问！"克雷格回答，"就像我告诉你的那样，这座山是他们的禁忌，没有土著胆敢靠山这么近，否则他将受到部落的惩罚。"

在汤姆仔细思索山里的奇怪景象时，克雷格问："瓶子可能在外界压力下爆炸吗？"

"如果是那样的话，"汤姆回答，"我们会看到周围有碎片。但是这没有一点残余物。"他向裂缝边缘走近了一些，向黑色深渊下看去:"我猜要是气体晚上逃出来,没一个容器能存住它。"

"天哪!"克雷格叫道,"那么没有东西可以储存那玩意儿了!"

"我还有个主意,可以一试。"汤姆说,"但我要从飞行实验室里拿些东西。"

三人在走回坦克的途中,巨大的阴影扫过了路面。他们向上一看,一架小型双引擎飞机猛冲下来。然后飞机突然转弯,飞出了他们的视线,并没有倾斜机翼示意。

"那能是谁呢?"克雷格问,"飞行员的行为好像是在跟踪我们!"

"你说得对。"巴德赞同道,"飞机看起来像是我国制造的,我敢打赌这架飞机和警局负责人告诉我们的是同一架。"

"可以肯定的是那个飞行员的操作很可疑。"汤姆低声说,"他为什么在这个地方飞行的如此之低?我准备向警方报告。"

"在这荒郊野外,你怎么报告?"克雷格问。

汤姆微笑着说:"通过短波跟爸爸说,让他把消息传给利奥波德维尔当局。"但是他惆怅地说,"要是我把带长焦镜头的相机带来,拍下那架飞机就好了。下次我会记得的。"

汤姆和朋友们爬进坦克,把坦克尽快开回"蓝天女王"。他们到那时,汉森正在一棵巨大的猴面包树下漫步,手里拿着汤姆的远距摄影相机。

三个探险者从坦克里爬出来时,汉森冲他们展开一个大大的笑容。"汤姆,希望你不介意我用了你的相机,但当一架行为奇

怪的飞机在这里嗡嗡作响时，我决定拍下一些照片。我觉得这个飞行员想知道我们在这里做什么。"

汤姆喜出望外。"你给我们帮了大忙，汉森，我怀疑那架飞机是在跟踪我们。我会洗出照片，然后联系爸爸，这样他可以把信息传给首都当局。"

汤姆拿起相机直接去了"蓝天女王"的暗室，那里有能冲洗并打印相片的机器。他按下开关，昏暗的绿色灯光洒下来，然后他从相机里拿出胶卷，打开冲洗设备。汤姆将胶卷放入这个精巧设备的左端插口中，巴德叫它魔法辐射罩，它高九十厘米，宽四十五厘米，长一百八十厘米，和暗室的墙平行，里面有电子控制器，会将胶卷放入高速显影剂，定影，冲洗，然后晾干底片，自动打印出8×10规格的照片。

汤姆打开明亮的顶灯，紧张地等待这六十秒的过程结束。时间到！颜色鲜艳的照片从机器另一端的出口滑出。

汤姆一看照片就震惊了，然后激动地从暗室跑出。"克雷格！巴德！"他喊道，"斯特林！汉森！"

大伙聚在外面一起看照片。"天哪！"克雷格喊道，"坐在飞机驾驶舱里的人是霍普林！"

"没错！"汤姆严肃地说，"所以我们的敌人就在这儿！"

"我看不清霍普林旁边那家伙的脸。"巴德说，"但我敢打赌那是他的同伴卡梅伦！"

"情况很严重。"汉森说，"我在想他们来非洲干什么。"

"他们跟着我们肯定不是为了好玩。"汤姆回答，"我确定他们会制造麻烦。"

"他们是怎么获得A国许可的？"斯特林问。

"我猜是假护照。"汤姆回答，"另外，我确定他们没向本地当局报告。"

"如果这架飞机就是之前警局官员说的那架神秘飞机，"巴德开口，"它也许就藏在这片荒郊野岭中。我要开"袋鼠袋"去做点调查，看看能找到什么。"

巴德开起那架小飞机，在四周飞行了一个小时，但没看到那架神秘飞机，也没发现有霍普林藏身于灌木丛中宿营的痕迹。

汤姆和爸爸取得了联系，告诉了他所有事情，让他通知首都当局。汤姆还告诉他目前收集气体的事情没有进展，很是失望，然后向他询问了家里的详细情况。

对话结束的时候，站在旁边的巴德急切地问："肖普顿有什么新闻？"

他的朋友笑着说："桑迪的猎犬得了扁桃体炎不能叫了！"

两个男孩都开心地笑了起来，然后汤姆说，家里人身体都好，巴德的家人也是。

探险者们一起吃午饭时，讨论了霍普林为什么会在这里，"也许他和卡梅伦也对这座圣山很感兴趣。"克雷格说，"他们可能和某些科学家合作，也在进行这个项目，这就是为什么他们要偷关于反质子物质的手稿。"

"有可能。"汤姆回答，"但不管怎样解释都不是特别合理。如果他们也对这座圣山感兴趣，为什么他们要如此神秘？他们和我们一样有权调查这种现象。"

"你有没有想过是霍普林拿走了容器？"巴德提出。

第十四章 敌人归来

"可能是。"汤姆回答,"不管怎样,我要做些新的容器,把它们放在裂缝上方。结果有两个:要么我们抓住贼,要么气体喷出来证明给我们看,是它弄破了那些瓶子。"

汤姆和朋友们将剩下的时间都花在了"蓝天女王"的冶金实验室里,来制造新的容器。

"这次,"汤姆宣布,"我们要一直待在山里,看看到底怎么回事。"

"要是那贼或者气体半夜出现呢?"巴德问,"我们要派人守夜吗?"

"不需要有人牺牲睡眠做这件事。"年轻发明家笑着回答,"我在每个容器的自动阀门上安了微型无线电发射器。当阀门以任何形式打开或遭到破坏时,它就会发出信号,信号会触发我们车里的报警装置。"

"发明家,设计非常精巧啊!"巴德评论,"所以如果警报响了,这个谜团就解开了。"

"是的。顺便说下,这次我们将使用不带起重机部分的球形地球探测车。它比坦克大,我想看看它在丛林里的行驶情况怎么样。我还要带一个小的土地爆破器,可能要做点原子钻孔来看看这座山由什么组成。"

第二天早上,他、巴德和克雷格准备了他们的神秘大山之旅。

"所有的食物都装好了。"乔宣布,"够吃一周,每天可以吃五顿。也许你们没有别的事情可做,只能吃了。"

"谢谢。"汤姆说,然后补充道:"都上车!"

突然，从附近树林的方向传来恐怖的声音。"狮子！"巴德喊道。

"我觉得我还听到一个人声！"汤姆说，"也许他遇到麻烦了！"

汤姆向空地边缘跑去，透过茂密的丛林往里看。随着来福枪的咔嚓声和子弹的呼啸声，第二声叫喊传来。子弹撕裂了汤姆夹克的袖口！他躲到一棵树的树干后，第二枪打下一些树皮。

第三颗子弹向汤姆呼啸而来！

第十五章　"戴上头盔！"

千钧一发之时，汤姆躺倒在地上。接着又来了几枪，年轻科学家后面的一棵树被打下大块树皮，然后一切归于平静。

汤姆听到"蓝天女王"上担心的喊声，但仍然保持仰卧的姿势静静听着丛林中的动静，他能听到嫩枝折断的微弱声音。噪音越来越大，汤姆专心地注视着，一些树枝被狠狠折断，有人，或是某种东西，正在靠近他们的营地！

几秒钟后，一个高大结实的人从灌木丛里走到空地上来，从他身上的着装看，是个专打大猎物的猎人。他手里有把随时待命的枪。

汤姆确定这个人只是来打猎后，站了起来。"朝我开枪是什么意思？"他喊道。

"你是说我有一枪差点打到你？"猎人喘着气说。

"不止一枪。你想干什么？"汤姆指着他衬衫袖口上的洞和散落的树皮说。

"我得道歉！"陌生人回答，"我不知道有人在这里安营扎寨。狮子向我走来时，我只是不断开枪！我大概把它吓跑了。但是到此为止了！从现在起，我要把捕杀大型猎物这件事留给行家了。原因是,我差点杀了你!"

巴德再也无法保持沉默了。他反驳道:"你的确差点杀了他。你最好把枪留下,先生。"

壮实的陌生人瞪着巴德说:"我有名字,劳埃德·伯吉斯。"

"我叫汤姆·斯威夫特。"年轻发明家说,然后介绍了他的朋友。"你是来非洲玩的吗?"他问猎人。

"不是。"那个人回答,"我曾在一家可可豆出口的小公司任职,职位是蒸汽机飞行员。一年后,公司破产了。"

伯吉斯观察了探险者们的营地,他对"蓝天女王"和球形地球探测车赞叹不已:"你们这里的设备真不错。也许你们还需要一个人?"

"恐怕不需要。"汤姆回答。

"不需要的话,我就走了。"伯吉斯说。

他把枪扛到肩上,很快消失在树林里。

汤姆去换衬衫,回来的时候,巴德说:"也许我中暑了,汤姆,但我不相信那家伙,爱管闲事。"

"坦白说,"汤姆承认说,"我也有同样的感觉。他的故事听起来很可疑,我无法想象一个人没有向导来非洲打猎。还有他的枪!型号是270,这种型号枪的口径可不是灌木丛地区的好选择。"

年轻科学家通知斯特林和其他人,如果那个陌生人回来,不要泄露任何关于他们考察的信息。然后,他们乘球形地球探测车

第十五章 "戴上头盔!"

前往圣山的旅程终于开始了。

由于路已被压平,汤姆一行人大约十二点半到达那里,时间之快创下了纪录。克雷格和巴德帮他在裂缝上方放置了一些他带来的容器,然后他们回到开着空调的球形地球探测车里。

"怎么舒服怎么来。"汤姆建议说,拿起一本他带来的科学杂志,"可能要等很久。但我们最好穿着防辐射服,不用戴头盔。"

下午过去了,暮色降临,黑暗笼罩了这一地区。仍然没有神秘气体的痕迹,探险者们一个个睡着了。

两小时后,汤姆被球形地球探测车里警报的巨大嗡嗡声惊醒。他眼睛睁开得很及时,看到裂缝里出现了可怕的绿色光芒。

"快!"他对巴德和克雷格喊道,"是那种气体!戴上你们的头盔!"

他们急忙戴上头盔然后冲出去,焦急难耐地等光亮消失后,他们才能靠近裂缝。让他们震惊的是,一个小时后,那片地区又陷入黑暗。汤姆打开强力探照灯,然后他们向前走去。

容器又消失了!

"真是令人吃惊!"巴德喊道,"现在我们知道是这种气体而不是窃贼让瓶子消失的了。"

汤姆看着太空,思索着,巴德继续说:"在捕获这种气体方面,我们依然一无所获。"

"他说得对!"克雷格同意,"这种办法行不通。"

"我们还没被打败。"汤姆声明,"刚刚我想到一个主意,很简单,但是也许能解决我们的问题。"

"是什么?"其他人异口同声地问。

"注意看裂缝两壁。"汤姆指出,"气体对它们不起作用。这种岩石的组成对这种气体有免疫作用。"

"是的,但那又怎么解决我们的问题呢?"巴德问道。

汤姆飞快答道:"我会取一些裂缝两壁的样本,用同样的材料制成容器。"

"要取得这种样本,"克雷格紧张地说,"意味着我们要去裂缝里面。"

"我还没那么傻。"汤姆说,"我认为这种气体的释放遵循某种规律,它不是随意发生的。只要找到气体释放规律的关键,我就能制定一个计划。"

"你计划怎么做?"克雷格问。

"再做一个容器。"年轻科学家解释,"我知道它会和其他所有容器一样破裂。但是,警报会告诉我们它什么时候破裂。记录下时间,我们就能有个粗略的时间表,因为我们已经知道警报大约在今晚11点59分响起,我们还知道昨天气体喷发的大致时间。"

试验容器被稳稳放好,然后三个人回到了舒适的球形地球探测车里。汤姆写着笔记,列出一串数字。当黎明的第一缕光线穿过天空时,他才停下工作。年轻科学家躺了下来,几乎马上就进入了梦乡。

报警器仍然没有动静,探险者们醒来时,发现早上的天空黑得可怕,空地上,大风卷起灰尘,形成漩涡。

疯狂涌动的空气中,黑压压的乌云在头顶翻滚,雨滴打在车

第十五章 "戴上头盔！"

舱的窗子上。

"也许我们该离开这个地方！"巴德建议，"没人知道雨落到裂缝里会发生什么。"

汤姆开着球形地球探测车到了离山有点距离的地方，但他觉得最好不要在热带风暴里穿过树林。几秒钟内，暴雨倾泻下来，刚刚还看得清的外面现在一片模糊，风力也加大了。

"看那条闪电！"巴德喊道。

突然，球形地球探测车像一艘正在下沉的船，开始猛地向一边倾斜。

"天啊！"克雷格喊道，"我们要翻车了！"

倾斜的角度越来越大，车里的人抓住了座位。

"右边履带下方一定有片泥沼之类的地方。"汤姆说。

"开车！"巴德命令，"我们离开这里！"

"现在移动它，"汤姆宣布，"可能会让我们陷得更深。"

他很难说出话来了，这时整辆车都在颤抖，车舱发出一种恐怖的光芒。

"我们被卡住了！"巴德喊道，"着火了！"

第十六章 紧张时刻

不一会儿,巴德心中的恐惧消除了。尽管一道闪电曾离球形地球探测车很近,车子却并未着火,但旁边的一棵树浑身焦灼。

"唷!"巴德喊道,"可别再来了!"

汤姆却一副嘲弄的表情:"伙计,你难道忘了,这车是防火的,当然避雷电也不成问题了!"

巴德面色尴尬:"我的确忘了。我倒好奇你放在裂缝处的容器,在闪电和风暴的考验下怎么样了?"

年轻的科学家也同样好奇:瓶子是否还在那里?还是已经被大风刮走了?

风暴出现了平息的迹象,这让球形地球探测车里的人松了一口气。接着风速减缓,暴雨减弱成小雨。最终太阳刺破云毯,温暖的阳光布满整个地区。

球形地球探测车仍然倾斜着,处于危险之中。"你说我们能从这里逃出去吗?"克雷格问汤姆。"在尝试前,我最好先检查一下周围的情况。"

汤姆猛地打开大门,爬出了车外。对地面仔细察看一番后,汤姆确信履带能承受车身。

第十六章 紧张时刻

"我想我能轻而易举地把车拉出来，"汤姆大声说，"但是你们得先出来，我们之中任何人去冒险都没有意义。"

尽管他们反对，汤姆却非常坚持，于是巴德和克雷格跳下来站在一旁。

汤姆在轮子后面坐下，启动了核动力涡轮机。齿轮的运转使得履带开始转动，球形地球探测车颠簸着行进。随着车子前行，履带在泥沼中越陷越深，眼看车身似乎也要倾覆了。

但汤姆迅速给车加大油门，汽车在马达的吼叫声中向前疾驶，汤姆熟练操作，将球形地球探测车开到了前面的地上。一旁的人看着缓了一口气，他们赞扬汤姆思维敏捷。

随后三人走回裂缝处。

"容器还在原处完好放着。"克雷格带头走在前面并说道。

"很好！"汤姆回答，"我的供给快不足了。对了，我昨晚算了一下，推测出气体将在正午左右喷发。"

"你是怎么知道的？"巴德问。

汤姆微微一笑，说："如果我的猜测正确，我会告诉你我的推理。在这期间，我们吃点东西，把球形地球探测车清洗干净。这宝贝像在泥里打过滚的河马。"

上午剩下的时间里，男孩们都各司其职，认真工作，但是防辐射外套给他们带来不少行动上的阻碍。正午将近，他们把车开到近山处等候。十二点来了，又过了。巴德和克雷格看着汤姆，他脸上的表情没有丝毫变化，但眼神透露出他此刻激动的心情。

十二点零二分！零三分！警报拉响了！男孩们盯着窗外。裂缝中并没出现可怕的亮光，但容器却在短短几秒内融为虚无。

第十六章 紧张时刻

"汤姆,你的推断没错!"巴德喊道,"你怎么猜到气体会再次出现?"

"根据我的计算,"汤姆回答说,"气体的喷发可能跟潮汐活动有关。"

"潮汐?怎么会呢?"克雷格问,"最近的大洋离这里上百千米,而且附近甚至都没有河流存在!"

"但的确有可能,"汤姆说,"山下有条地下河。如果这样的话,这条河可能流入海洋,也就是说,它会受到潮汐的影响。"

"推理很巧妙,"克雷格说,"可即便你的推论正确,潮汐涨落和这种气体有什么关系呢?"

汤姆解释说,满潮时,地下水必然会到达山下的矿床:"于是引发这样的反应。"

"听起来挺合逻辑,"巴德点点头,"你认为由于满潮大约二十四小时内出现两次,因此我们可以在一天中两次看到热气出现。"

"完全正确,"汤姆答道,"从我的图表上观察,周期是二十四小时二十一分。现在,十二小时内应该不会有喷发迹象,所以我建议借此机会从裂缝岩壁上采集岩石样本。"

汤姆和朋友们从设备箱里取出爆破器,并将它推到裂缝处,原子钻孔机开工了。

"但愿你的潮汐图画对了,"巴德说,"我可不想化为一股烟气!"

钻孔机的噪音盖过了同伴的抱怨,汤姆没能听到。

汤姆引导着钻头深入裂缝岩壁时，细土中的间歇泉从他身后涌出，没过多久，钻头钻破了岩石表层。表层下面是一层白色粒状石头。

爆破器突然停止了运转，汤姆试图重启，却徒劳无果。于是男孩们把钻子从岩壁上吊起来检查了一番。

钻头完全没了！进一步检查后，他们发现动力单元损坏了。

"实在匪夷所思！"汤姆大声说，"石头里的某种东西竟然损坏了爆破器。"

"可不可能只是普通的机械故障？"克雷格说。

"不，不是，连钻头都没了。"

"我们现在怎么办？"巴德问。

"我们尽可能多地收集岩石样本。"汤姆建议，"即使钻孔机没钻到白色石层，我们做实验也已经够了。"

他们迅速收集了一些碎片，并带回到球形地球探测车。将这些样本存放在隔离舱后，汤姆调头折返，穿越丛林，去往"蓝天女王"。

汤姆心头萦绕着对这座山的思索：神秘气体究竟从哪儿来？他能用岩石造出新的不会被粉碎的容器吗？损坏爆破器的白色石头有什么特质？

克雷格似乎也陷入了沉思。最终，他说道："我一直在想霍普林和他的同伴。在我看来，他们不会轻易放弃。恐怕他们会继续制造麻烦。"

"自从他们的飞机第一次飞过营地上方后，就再也没有任何消息。"巴德说，"但是直觉告诉我他们没有离开这儿。我不太明白他们把飞机停到哪儿了,肯定不是公共机场,他们也不敢。"

"对,"汤姆表示赞同并说道,"巴德,或许你没有看到飞机是因为它已经伪装起来了,但是它可能就在附近。"

"别想这个了,"巴德说道,"如果这群人再来骚扰我们,我一定会跟踪他们!"

球形地球探测车到达营地时,三个男孩发现营地很喧闹。

"怎么了?"汤姆大声问。

斯特林声音慌乱,问道:"你们在回来的路上看到乔了吗?"

"没有,"汤姆回答,"他离开了?"

"你们离开营地后不久乔也离开了,直到现在还不见人影!"

第十七章 雌狮当道

"乔是昨天离开的?"汤姆焦急地问道,"他为什么要离开?"

斯特林解释说乔和一个会说一点英语的玛巴维基土著成了朋友,由于厨子没靠近过那座山,他就被允许任何时候都能进入村子了。

"乔说他需要一些草药,要向他的朋友求助,"斯特林解释道,"但乔下午很晚了还没回来,我就去玛巴维基看看到底发生了什么。"

"继续说。"汤姆催促道。

"制模匠告诉我,乔到的时候,一群土著正要启程去捕狮子,于是,乔也跟着去了。"

汤姆此刻放松了一点。"这些猎人有时要狩猎好几天。"他说,"我确定乔会没事儿的。"

"但你不知道的是,"斯特林说,"大概一小时前,马库哈酋长派乔的那位朋友来看看乔是否安全返回,因为猎人们都回来了,却没见到乔。"

"你是说乔离开他们了?"巴德焦急地问。

第十七章 雌狮当道

"是的。他在丛林深处的某个地方离开了。看来是乔不喜欢围猎狮子,决定回到'蓝天女王'。"

"我们必须立刻去找他。"汤姆催促道。

然后这位年轻发明家然后询问猎人们的路线,但无人知晓,汉克·斯特林提出去玛巴维基村问个清楚,但此时,乔的土著朋友跑了过来。显然,他认为A国人到村里是禁忌,他来"蓝天女王"就不是了。

"乔回来了吗?"他问。

"没有。"

这位土著转了转眼珠,神色惊恐:"乔可能已经死了,狮子杀死的。对不起!"

应汤姆的要求,克雷格用土著语向他仔细询问猎人狩猎的具体路线。

"往东步行一小时,然后从小溪边的三棵猴面包树向北走两小时。"克雷格翻译道。

汤姆转身跑向一旁的小坦克,巴德和克雷格紧随其后。过一会儿,他们在丛林里往东行进,坦克里的人沉默着,心里却焦急万分,眼睛耳朵时刻保持警觉,希望发现乔的痕迹。

汤姆打开灵敏的麦克风,放在外面的车顶上。这一仪器能捕捉到方圆几百米以内的声音,包括十分微弱的声音。

他们沿着猎人们走过的路线,缓缓地开着坦克。平日里,这些年轻人会为一排火红的丛林之花而陶醉,但现在,他们的心思全在乔身上。

当他们到达猎人们启程北上的地点时,汤姆把车转向左边。

突然，扬声机里传来一阵发狂似的喊叫，"救命啊！"声音哭嚎着，"救命啊！"

"是乔！"巴德喊道。

"可是他在哪儿呢？"克雷格睁大眼睛问，"我在草丛和荆棘里都没看到他的踪影。"

汤姆朝另一方的猴面包树望去，倒吸了一口气。树下，一头雌狮来回跳跃，试图够到那个蜷缩在较低树枝上的丰满躯体。

"乔！"汤姆吓得大叫一声。

千钧一发之际，这头饥饿的野兽随时可能用致命的爪子够到乔。

"我来试试吓跑它。"汤姆果断地说。

于是，他驾着坦克全速前进，冲向雌狮，而雌狮正蜷伏着准备再度跃起。随着车子靠近，这头黄褐色野兽一下子调转了方向，目露凶光坚守着阵地。但是随着坦克猛冲逼近，它溜到了灌木丛里逃跑了。

汤姆在猴面包树下来了个急刹车，巴德猛地打开舱门。"快，乔！"他喊道，"快进来！"

乔这下才松开牢牢抓住树干的手，落了下来，他沉重的身体一触到坦克，坦克就打起颤来。巴德拽着厨子的一条腿，把他拉进来，然后重重关上舱门。

汤姆边掉头将坦克开往"蓝天女王"，边说道："乔，为什么你要离开那些土著，独自一人在野外冒险呢？"

"我的脊柱频繁感到刺痛。"厨子回应，"我不想成为狮子的食物，不想死也不想成为待宰的羔羊，于是我决定回到"蓝天女王"。撞见那头母狮子之前,我的这个决定一直很正确,但那狮子把我逼到树上去了。"

"你让我们整个探险队担心了,也让玛巴维基人担心了。"汤姆说。

"真是太对不起啦。"乔懊悔地说。但不一会儿,他面露喜色:"或许我可以将功补过。听着!我曾跟那个懂英语的玛巴维基朋友聊过,他告诉我了一些你们去的那座山的趣事。"

"真的吗?"汤姆好奇地问。

"是的!"乔答道,"他说有个白人告诉他有个洞穴通向那座山。"

"洞穴!"汤姆大叫。

洞穴的存在意味着他们可能能找到神秘气体的源头。

"乔,在哪儿呢?"

"我不知道,但是我或许能找到。"

回到飞行实验室,斯特林和其他人看到乔平安归来,亲热地拍了拍他的背。同时,汤姆决定明天一早就去查探乔所说的洞穴,他还在坦克和他们的抗辐射外套上喷上了一层新的托马塞特,作为防护措施。

上午九点,他和巴德、克雷格开着坦克出发了,很快就到了那座圣山,开始了环山之旅。

"伙计们,睁大眼睛。"汤姆要求。

他开着车子走在凹凸不平的山体。他们在山脚下转了一圈,但没发现有洞穴存在的任何迹象,汤姆开始到山腰搜寻,他驾着坦克盘旋上山,尽量开到很远的地方。

他们进行了几小时密集搜寻，也没能找到任何洞穴。

"那个土著一定是给乔讲了个荒诞的故事。"巴德说。

"看起来是这样，"汤姆叹了口气，"我们还是回营地吧。"

他们回去后，汤姆告诉乔他们没找到任何洞穴，乔一言不发，随即转身走向玛巴维基村庄。不到一个小时，他回来了，眼里满是激动。

"我刚刚和我的朋友再次谈过了，"乔说，"看，这是他画的地图。"

汤姆仔细研究了这份地图上干树皮做的标记。

巴德从这位年轻发明家的头上俯看过去。"但是，汤姆，"他说，"我们去那块区域仔细察看过。那片区域就在山脚下，我们不可能忽略那里。"

"巴德，我知道，但是洞穴的入口可能十分隐蔽，我们忽略了。这张地图至少值得我们再去试一次。"

同一天内，坦克第二次开往那座神秘的大山。路上，汤姆检查了这幅粗糙地图上的洞穴位置。下午两点到那里时，他停住了，因为他们没看到入口的任何痕迹。

"我们走过去看看。"他说。

三位探险者穿上防辐射外套，沿着岩石地带朝圣山走去。他们搜寻了一遍又一遍，疲惫不堪，却依旧徒劳无功。

"我们就是出来野餐也比这收获多啊！"巴德开玩笑说。

突然，克雷格停了下来，激动大叫："快看！快看山上一百英尺高的地方！"

第十七章 雌狮当道

汤姆和巴德随着他的目光看了过去,看到坡上有处凹陷,被众多枯枝和大石密密覆盖着,显得极不寻常。

"我们去看看。"汤姆说。

他们爬上陡坡时,汤姆叫大家一起帮忙清理树枝和石头。他们齐心协力,把树干和石头抬到一边。

突然,三人停下了,激动地盯着前方:前方山石下的入口半露了出来。

"对,这就是洞穴入口。"汤姆说道,"有人故意把它隐藏起来了——这个人对这座山毫无畏惧!"

三位探险者迫切地重新开始了清理工作。清理完了阻塞入口的砾石和灌木后,他们满头大汗,面罩蒙上了一层水雾。

但在他们猛拉一块巨石时,地面突然剧烈上升。

汤姆、巴德和克雷格都被抛到空中!

第十八章 磷光岩石

探险者们落到地上,在一大堆岩石和灰尘中晕了过去。一切归于沉寂。

几分钟后,汤姆恢复了意识,挣扎着站了起来。巴德和克雷格仍然躺在地上,呈半昏迷状态。汤姆将碎片推到一边,帮他们俩站了起来。

"一定是气体爆炸了!"巴德低声说,"我们快点离开这儿!"

汤姆望着洞穴入口。"我觉得这次爆炸不是自然原因导致的,"他严肃地说,"而是人为的!"

"你是说有人设置了一个陷阱?"克雷格喊道。

"没错!"

"是什么让你这么确定?"巴德问。

"首先,"汤姆开始道,"你们难道没察觉到空气中有种特别的气味吗?"

巴德和克雷格好奇地嗅了嗅。"你说得对!"克雷格喊道,"这种味道很熟悉,但我辨别不出来。"

"炸药!"汤姆断言。

第十八章 磷光岩石

"谁会安排炸药呢?"巴德愤怒地问。

"当然不是土著们,"克雷格回答,"他们中没人会进入这座山附近一英里内的地方。而且,玛巴维基人不知道如何使用现代炸药。"

汤姆点点头,开始在洞口附近搜索。"也许我们能找到一些线索。"他说。

三人仔细检查了地面。一会儿,克雷格找到一个闪闪发光的东西,弯腰捡了起来。他叫来其他人:"看这个!"

汤姆和巴德赶快过来,盯着克雷格手里的小金属物件:它有一支石墨铅笔那么厚,约十厘米长。

"这是炸药的起爆雷管!"汤姆严肃地宣布,"看样子,是一两天前掉在这里的。"

搜寻还在继续。突然,巴德在坡上高处的某地大喊起来,然后跳下来,回到他的朋友们身边,肩上扛着一把枪:"我在那块突出的岩石下找到了这个!"

汤姆检查了这个武器,说:"这把枪和伯吉斯背的是一个型号。"

"你觉得是他安排的炸药吗?"巴德问。

"我们不能断定是他。"汤姆回答,"但如果伯吉斯也参与进来,我猜他效力于霍普林和卡梅伦。实际上,如果真的是这样,许多疑问就可以解释了:是伯吉斯发了那份假电报;来我们营地时,他假装自己是个捕杀大型猎物的猎人。"

"但是,"克雷格说,"不管他是否效力于霍普林和卡梅伦,他真的是在暗中监视我们,想知道我们在干什么。所以想加人我们。"

"毫无疑问。"巴德插进话来,"伯吉斯的危险程度可能超过我们的想象。他可能根本不是在猎杀狮子,我敢打赌,他瞄准的就是汤姆!"

这一新的转变让大家极度担忧。还会有更多袭击吗?

"汤姆,你觉得是什么引发了爆炸装置?"巴德问。

"可能是某种弹簧装置。我们在清理一些岩石时,它自动放开了弹簧。"

"实际上,"克雷格说,"设置炸药的人帮了我们的忙。他帮我们打通了入口。"

汤姆和他的同伴注视着洞口。巴德跑去拿了手电筒,向黑暗中照去,前面是条长长的隧道。"隧道很大,我们可以开坦克进来。"他兴奋地说,"神秘气体的所有秘密可能都藏在这个洞穴里。"

克雷格不同意。"如果霍普林和他的同伙正藏在附近呢?"他警告道,"他们可能在我们进去后封住洞口!"

"留我们中的一个人守门怎么样?"巴德建议,"我留在这儿。"他主动说。

"一个人不是霍普林他们一伙的对手。"汤姆提醒他的朋友巴德,"我们最好回蓝天女王求助。"

探险者们爬进坦克,很快回到了营地。汤姆把最新进展告诉大家时,每个人都恨不得一起去山中。由于空中实验室需人守卫,这位年轻发明家只各选了三个人去:已经完全康复的汉森、乔,还有一个叫霍华德的机组成员。

第十八章 磷光岩石

"请你用我的油炸平底锅,"乔低吼道,"我一直都手痒想修理霍普林那个卑鄙小人!现在机会来了!"

三名守卫人员穿上防辐射服后,这个更加壮大的团队乘坦克出发了。汤姆把坦克开到离洞口只有几米的地方,乔、汉森和霍华德在洞外找到了合适的位置。

坦克小心地进入洞穴,汤姆、巴德和克雷格因为期待而激动不已。很快,明亮的阳光被甩在了后面,坦克的探照灯刺入一片漆黑之中。

"洞里的路面相当平坦。"汤姆说。

"希望一直平坦下去。"克雷格说,"希望隧道大到能让我们的坦克一直通过。"

时间一分一秒地过去,坦克沿着神秘的隧道越走越深。终于,探险者们来到一个急转弯处。本来准备转弯的汤姆一个急刹车,把坦克停了下来。

"怎么了?"巴德问。

汤姆关掉聚光灯作为回答——弯道处闪烁着幽灵般的光芒。

"好家伙!"巴德喊道,"这光!肯定来自那种气体!"

汤姆不同意。"满潮还有好几个小时才来呢!"他说。

探索者们凝视着前方诡异的光芒,克雷格心怀恐惧,猜测说洞里可能有其他人。

"不是霍普林和卡梅伦。"汤姆回答,"他们会在黑暗中捣鬼迎接我们的。"

汤姆倾向于认为这种幽灵之光是神秘大山里的一种自然现象,想到这里,他驱车前进,绕过弯道。

第十八章 磷光岩石

"哇!"巴德喊道,"多美的景色!"

洞穴岩壁上磷光点点,每块岩石表面似乎都亮着一盏绿白色冷光灯。

"真是引人注目!"克雷格说,"但的确太恐怖了。你觉得是什么让洞穴发光的呢,汤姆?"

"肯定是那种气体的次级反应。"年轻科学家推理道,"这种岩石的原子结构被激发了,产生这种发光现象。"

汤姆被这种现象深深吸引了,继续往前走。由发光岩石组成的隧道延伸了一大段,然后突然停止,前方是坚硬的岩石。

"这就到头了。"巴德忧郁地低声道。

"也许不是。"汤姆乐观地说,"我确定我们离那种气体的源头越来越近,也许它就来自墙那边的地下深井。"

"你不会打算挖开这面墙吧?"巴德吃惊地问。

"不是现在,"汤姆回答,"我想先核对一下我们放置容器的裂缝位置和这面墙的关系,这也许能帮我定位气体源头。"

"走吧!"巴德说。

"等一会儿。"汤姆回答。他检查了防护服和头盔说:"我想收集些这种岩石的样本,它肯定不会和发光气体发生反应,我想找到原因。"

他扛着一把锄头爬出坦克。随着他往墙壁里越挖越深,很快洞穴里满是挖掘声,每一锄都带下一大块石头。

"这些应该够了。"汤姆一边递给巴德和克雷格六片岩石一边说,"把这些装到货舱,好吗?"

汤姆研究了一会儿岩壁,然后爬回坦克。他扫了眼仪表板上的时钟，发现钟停了，但他们都没戴手表。

"不知道我们在这里待了多久，"年轻科学家说，"离满潮还有几个小时，但我们可不想玩得离那个时间太近。"

汤姆熟练操作，找到坦克调头的空间，开始往洞外出发。年轻发明家边操作坦克边陷入了沉思，他在想岩石样本能否帮他找到一种材料，让容器不会碎裂。也许他能调制出一种特殊的涂料以供使用。

"我们差不多出洞了！"巴德看到前面的一圈阳光，宣布说。

到出口近处时，他们没看到乔和其他人的痕迹。

"他们可能去哪儿了？"克雷格喊道。

汤姆和朋友们都感到一阵慌乱。没道理所有人都离开岗位，除非有人使诈！

第十九章　发明家的梦想

坦克上的人非常希望他们假设错了，迅速乘坦克出洞寻找那些守卫人员，但周围一片荒芜。

"霍普林一定成功吓到他们了。"克雷格担忧地说道。

此时，隆隆的喊叫声在山腰上的三个不同方向响起。一瞬间，三个男孩以为会有袭击，十分紧张，但随后，他们脸上绽开了宽慰的笑容。乔圆胖的身体出现在斜坡上的一块大石后；汉森从他的藏身之所——第二块大圆石下走出来；最后霍华德从坡高处的另一块纹丝不动的石头后走出，他们从坡上跑下来迎接坦克里的人们。

"你们让我们很担心！"汤姆大喊，"以为你们被绑架了呢！"

汉森解释说他们为了保护自己，也为了监视那些打这个洞穴主意的入侵者，决定藏起来。"在坡上，我们可以鸟瞰整片空地。"他说。

"好主意。"汤姆承认，"看到任何人了吗？"

"没有。"汉森回答，然后询问汤姆在洞穴里发现了什么，"有趣吗？"

"绝对有趣！"汤姆喊道，他眼里闪烁着热情的光芒，讲述了洞里发光的墙壁还有他搜集的岩石样本，"我希望找到某种方法，利用岩石，制造一种容器，遇到气体也不会消失。"

年轻科学家抓紧时间回到"蓝天女王"上。他迅速卸下岩石样本，把它们运到这个大型飞机的冶金实验室。他将自己和外界隔绝开来，狂热工作，弄清楚这种材料的成分。

汤姆工作到深夜，其间仅出来吃了点饭。

最后，巴德和克雷格坚持让他休息几小时，他微笑着说："为了让你们安心，我会去床铺上休息一会儿的。"

第二天一早，汤姆开始继续工作。他一个接一个地做实验，对他来说，一天过去得飞快，夜幕降临的时候，巴德和克雷格再次闯进来了。

"你们俩就像两只母鸡。"汤姆大笑着说，"但我想应该给你们一个解释。从撞击岩石采集样本的时候，我就一直在试着调制一种涂在容器上的涂料。目前为止，还没有成功。"

"你觉得能成功吗？"克雷格问。

"会成功的！"汤姆宣布，"接下来，我准备用明胶基质做一种涂料：往明胶里加上一部分岩石微粒，得到胶质混合物。运气好的话，就能做出来！"

第二天早上八点，汤姆开始继续工作。几小时过去了，尽管还没解决如何干燥的问题，但他知道现在已调出涂料正确的黏度。最终，他找到了实验成功的关键——加进一些托马塞特。

他兴奋地召集考察队所有成员。"我想我做出来了！"他说，"现在我要用新的容器来试验。汉克和汉森，你们帮我做这

第十九章　发明家的梦想

种涂料，我来给容器内外都涂上，然后烘烤它们，使它们表面光滑。明天早上我们回山里。"

"用用我装豆子的空罐子！"乔喊道，"汤姆·斯威夫特，你比草原上的一群狼还要聪明！"

其他人也纷纷道贺，但汤姆举起了手，做了暂停的手势。"留着你们的夸奖，等实验完成了再说吧。"他敦促道。

三个容器用模具制造出来后，他们用涂料仔细涂遍容器的里里外外。巴德凝视着闪闪发光的瓶子问："你给你新制出的东西想好名字了吗，汤姆？"

年轻科学家想了一会儿。"它可能对那种气体有惰性，我们可以把'惰性'这个词用在名字里。"

巴德咧嘴笑道："这种涂料粘得紧紧的，叫它惰强漆怎么样？"

"很好。"汤姆说，"就叫惰强漆！"

汤姆给容器装上警报装置，次日上午晚些时候，他和巴德、克雷格动身前往裂缝。探险者们到达目的地后，将瓶子放好，接着汤姆立起一根避雷针似的金属杆，金属棒上涂有加入硅颗粒的特制涂料。

"那是干什么的？"巴德问。

"告诉我们山里的气体什么时候停止喷发。"汤姆说，"气体放出时绿光会在上面反射出来，等气体停止喷发后，如果容器仍然在那，我们就可以过去拿。"

"气体还有多久会出现？"克雷格问。

"根据我的潮汐时间表，"汤姆回答，"约两小时内。"

三人回到坦克吃午饭,他们谈论的话题都是实验。涂料即将接受决定性考验,它能经得住吗?

到了预定时间,警报准确响起,汤姆和他的伙伴急切地从窗里往外看。金属棒正反射出绿光!每个容器都完好无缺!十五分钟后依然完好!

"好啊,天才少年!"巴德拍着汤姆的背说,"你又成功了!"

克雷格补充道:"祝贺你!你真是个奇才,汤姆!"

年轻发明家咧嘴笑了。"如果瓶子里有那种气体,那么实验百分之百会成功。"他告诉朋友们。

一小时后,绿光变得断断续续,最后完全消失。汤姆觉得现在接近裂缝是安全的,于是三个人爬出坦克。巴德太急切,想去看发生了什么,出来时差点摔倒。

他们满怀希望地走近容器,汤姆拿起一个。阀门封上了!

终于采集到神秘气体的样本了!

所有瓶子都被紧紧锁上,小心地存放进坦克,然后汤姆驱车回到"蓝天女王"。

他的成功让整个营地都欢呼起来。"你爸爸知道会很激动的。"亚弗·汉森说。

"等我对这种气体的性质了解得多一点,我就马上告诉爸爸。"汤姆说。

汉森和斯特林帮他造了一个实验用的特制盒状房间。他们先给房间墙壁涂上一层厚厚的惰强漆,然后在房间顶部的壁龛上安装了电子测量设备。

汤姆小心翼翼地把一个容器放入房间,通过远程控制,在狭小的空间里释放出一小部分气体。

最后的测试结果令人震惊。正如汤姆所怀疑的,这种气体释放反质子,但当他知道这种气体的原子质量是286时仍然大吃一惊。这一数值是原子表上没有的!

"这种气体的性质和科学界所知的其他任何物质都不同。"汤姆告诉他的朋友说,"它可能是这个时代最伟大的发现!"

每个人都很兴奋,但是也充满敬畏,还有一点担心。"这玩意儿相当危险!"汉森评论道,"它有什么实用价值吗?"

"这只是个学会如何利用这种气体的问题,"汤姆宣称,"我已经预见了利用它形成全新同位素的可能性。实际上,有了它,我能模拟来自宇宙火箭的同位素。"

"试试我的锅盖吧!"乔边走进实验室边大喊,"你说什么——来自火星的翅鲨?"

其他人哈哈大笑,汤姆告诉乔,他刚刚有了关于那种气体令人震惊的发现。"此物只应洞穴有啊,"他一边对其他人眨了眨眼一边说,"可你身边的房间里就有那种气体。"

乔脸上浮现出恐惧的表情。

"不用担心。"汤姆露齿而笑,"这种气体不会跑出来,房间被涂上了惰强漆。"

"惰强漆?"厨子迷迷糊糊地说,"噢,你是说你调制出的新涂料!"

"是的,就像托马塞特一样。唯一的区别就是惰强漆对反质子免疫,而托马塞特能抵御伽马射线和中子。"

乔被汤姆的解释完全弄糊涂了，他挠挠头。"关于射线什么的，我可是一无所知。"他喷着鼻息说，"我有时间还是去骑一骑我那被囚禁的小马吧。"

"被囚禁的小马？"汤姆问，现在轮到他迷惑不解了。

"当然！"乔回答，"那种有奇特黑白相间条纹的动物！"

"噢，你是说斑马！"汤姆咧嘴笑着，向乔投去一个温柔的眼神。

乔在其他人的哄堂大笑中离开了实验室，年轻发明家再次将注意力转移到那个房间。他重新检查了这种新元素的半衰期，并计算它分解时释放的能量。

"你准备把这种新气体叫什么？"克雷格问。

"爆元素。"汤姆回答。

汤姆对他的最终实验很满意，打包起剩下的容器，准备和爸爸做更深入的研究。

他通过企业集团的短波频道呼叫了斯威夫特先生，年长的科学家听完他的汇报很高兴，但他建议汤姆一行人在政府公布前对该物质完全保密。"如果你们走漏风声，世界上一半的科学家都会去那儿！"他警告说。接着他询问汤姆是否见过或者听说过霍普林和卡梅伦。

"没有。"他的儿子回答，"但我们怀疑这里那个叫伯吉斯的家伙是霍普林的同伙，给我们设了个炸弹的陷阱。"

"请务必小心。"斯威夫特先生提醒。汤姆保证会的，然后听爸爸说起家里的事情。"没什么令人兴奋的。"他的爸爸说，"我想全部事情你都已经知道了。"

第十九章 发明家的梦想

那天晚上,汤姆拿出他从裂缝附近的地下采集到的岩石样本,他发现这些样本和洞里的岩石一模一样。

巴德疑惑不解地说:"但有一个让土地爆破器的尖端分解了,另一个却没干扰到爆破器。"

"我想我明白了。"汤姆回答,"土地爆破器碰到的那块岩石里一定有一些那种气体,或者可能满潮后岩石依然潮湿,所以发生了缓慢的反应,而洞穴里的石头是干燥的。"

汤姆说他想在满潮前对岩石壁和裂缝的相对位置再做一些计算,这样他能解决在洞穴里切割岩壁的问题。土地爆破器修好后,他给它涂上惰强漆,然后宣布他第二天一早回到山里。

第二天早上,他和巴德、克雷格进入坦克,坦克穿过丛林,来到山前一块空地。探险者们很快穿上防辐射服,然后拿上土地爆破器、爆破器电缆和器材外壳前去裂缝。

"如果我的计算正确,"汤姆说,"隧道尽头大约就在裂缝入口下面,我想用爆破器去侦察。"

汤姆开始工作时,巴德和克雷格紧张地注视着他。从控制仪表盘上,可以看到汤姆指引爆破器进入了多孔的裂缝,这次,它工作起来没有受到任何干扰。

一个小时过去了,男孩们一直看着地面上的记录仪。工作状态完美。

汤姆仔细检查了原子钻喷出的土壤和岩石,最后,他发现爆破器发掘出一层白色的光滑岩石。仪表显示,此处的裂缝很窄,宽度还远远不到三厘米。

岩石成分的突然改变深深吸引了汤姆,爆破器在他的控制下钻得更快了，后来发现光滑的一层只有五厘米厚。

爆破器继续往下钻时，一种无法抗拒的力量攫住了它，缆绳、设备外壳和仪器都被猛拉进裂缝，所有仪器都压碎了。

汤姆向前冲去，开始拉缆绳，没费多大力气就拉起来了。

"土地爆破器没了！"他大喊。然后，一种恐慌笼罩了他，他命令道："伙计们，快跑，逃命！"

第二十章　恐怖坠落

　　三位探险者朝坦克跑去，寻求庇护，一进车里，他们就盯着裂缝处。此时，金属杆没有反射绿光。

　　"大概我的恐惧是毫无根据的，"汤姆有点不好意思地说，"我想我或许已经释放出一些气体了。"

　　他们在坦克中等了半个小时，才敢打开车门走出去。朝裂缝走去的路上，克雷格询问汤姆他觉得发生了什么。

　　"我认为爆破器穿过那层釉面岩石被吸进去了。"年轻的发明家回答道。

　　"吸入地下？"克雷格吃惊地问，"但这怎么可能呢？"

　　"只有一种解释合情合理，"汤姆说，"想必我们是钻到了一个大型的真空区域。这道裂缝或许通往一个大型地下深坑，坑底有河流。当我们的仪器钻出一个大洞时，外部的空气立刻灌入洞口。结果，我们的爆破器就被吸进去了。"

　　"如果真有这样一个中空部分，"克雷格说道，"你觉得它离洞穴近吗？"

　　"近，"汤姆回答，"明天我们给球形地球探测车涂满新的防护涂料，然后全副武装地一起进到洞里。如果越过那道屏障找到了深坑，我想下去看看。"

汤姆收集了适配原子钻的剩余装备和气体探测棒，运回了营地。他盘点了爆破器需要的所有零部件后，欣慰地发现还有足够的材料组建新的钻子。

"它能帮我们越过那道屏障。"汤姆对在一旁帮忙的克雷格说。

巴德、汉森和斯特林在"蓝天女王"的机械车间组装另一台小型爆破器，他们正在做最后的收尾工作，给它涂上厚厚一层惰强漆。测试时，这台新的爆破器和原先那台一样表现良好。

"我们现在一切就绪。"汤姆宣布。

次日，这些探险者们踏上了前往那座大山的征程。汤姆、巴德、克雷格、汉森、乔，以及霍华德坐在球形地球探测车的驾驶室里，后三人同意在汤姆和其他人冒险进入洞穴时担当守卫。

当他们到达入口，三人起身准备离开时，汤姆指示说："记住，一定要时刻穿着防辐射服。如果我们四小时内没有回来，立刻离开这里，那个时候我们很可能已经钻破了那道岩壁。根据我的潮汐表，气体将在那时候出现，到时候，这个地方不是人待的，动物也不敢来。"

"那你们怎么办呢？"汉森惊惧地问。

"我当然也不想有任何意外，"汤姆答道，"万一我们延误了，涂有惰强漆的球形地球探测车会保护我们。"

汉森、乔和霍华德从车上爬了下来，祝探险者们好运。其他二人从窗口向他们挥手告别，汤姆驾驶着球形地球探测车进入洞穴，打开车灯，车子缓慢前进。

第二十章 恐怖坠落

不多时，汤姆停下车，巴德和克雷格爬出车外，搜寻了那片区域。证据说明了一切——有人从墙上挖下了巨大的岩石块。男孩们退回车里。

"难道又是伯吉斯？"克雷格惊问，"他准备对这些石头做什么？"

汤姆皱起眉头，耸了耸肩："或许跟我之前的目的一样，但我们现在关心的不应该是这个问题。我们必须抓紧了，而且最好时刻保持警觉！也许洞里还有其他人！"

汤姆一发动车子往前开，就听到一阵奇怪的隆隆声，随即洞顶上的岩石落下来，雪崩似地砸向球形地球探测车。撞击让驾驶室猛烈晃动。

"洞要塌了！"巴德喊，"汤姆，赶紧撤！"

汤姆立刻挂挡倒车，但不一会儿他就停下了手中的动作。岩石已经不再崩塌了。

"我去看看给我们的'特瑞'造成了多大的损害。"巴德自告奋勇地说。于是他猛地打开了头顶上方的舱门，评估受损情况。

"车身凹痕十分严重，"汤姆说，"我带来一罐惰强漆，你赶紧把凹痕部位全都涂一遍，好吗，巴德？"他说着递上了涂料罐和刷子。

与此同时，克雷格也出去察看坠石形成的路障。几大块岩石挤在球形地球探测车前部的下方。

"我们不能往前走了，"他大声说道，"除非我们将这些巨石全都清理走。看！这里有一些木杆！它们是从哪儿来的？"

汤姆凭着直觉往洞顶看了看,他注意到有人挖了一个深洞。

"这不是偶然的塌陷!"他说,"有人把这些石头放在上面洞里,木杆把它们固定在某个位置。一定是我们来时绊倒了什么,才触发了这场坠石。"

"那些人为什么要这样,这是谋杀!"克雷格情绪激动地说,"我打赌一定是霍普林一伙。我们还活着,多幸运啊!"

"我觉得我们的小坦克情况不是很好。"汤姆冷冷地说,出去帮忙把石头抬到隧道一旁,"如果我们要跑赢涨潮,就必须加快干活儿了!"

他们齐心协力用木杆从球形地球探测车下撬起砾石。

道路重新清理畅通后,他们又开始了征程,然而,敌人们想要消灭他们的企图让探险者们紧张不安。他们一言不发,每前进一寸,就要上下左右查看,留心其他麻烦。

尽管到达岩壁前,球形地球探测车没有再遇上其他事故,汤姆却依然叹息已经浪费了太多时间。"我们只剩下两小时了,"他说,"假如我们击穿墙壁,必须避开气体。"

汤姆手持爆破器,在两位朋友的帮助下将其放置好。挖掘开始了,岩石被层层爆破。岩壁只有一米五厚,很快就凿出一个洞。

汤姆继续钻着,直到入口大到能让他匍匐前进,才撤下了爆破器。入口处突然闪现出一道红光。

汤姆心跳加速,爬了进去。看到眼前的景象,他屏住呼吸。

下方是一个深坑,一百五十多米的悬崖峭壁上泛着红色、绿色、黄色的磷光。

"核火洞穴！"汤姆喊道。

他能听到下面湍急河流的声响，并确信还没有人探索过那条河。他从深坑向下遥望，迫不及待地想在退潮时乘探测车到深坑里去。

"现在没时间下去一探究竟了，"汤姆对自己说，"在气体形成之前，我最好快点离开这里。"

他开始往回爬的时候，入口边缘突然塌陷了。汤姆试图抓住一旁的石头，但石头也垮掉了。

年轻的发明家随即失去平衡，猛跌了下去。

第二十一章　失踪的探险者

"汤姆!"巴德惊声尖叫,试图抓住他的朋友,但太晚了。汤姆消失在深坑里。

巴德的嗓子因惊恐近乎喑哑,但还是告诉克雷格发生了什么,并补充道:"我查看时抓住我的双腿。我们必须要你仔细查看一下,或许汤姆安然无恙!"

巴德爬到狭小入口的边缘,趴在地上,从狭窄岩脊的边沿俯瞰。

"汤姆,"他喊道,"汤姆!"

巴德只能听到底下翻滚喧闹的流水声。他跟克雷格汇报了这一切,克雷格把他从边缘拉了回来。

"我们绝不放弃希望。"巴德低声说,"或许汤姆头撞到了突出的岩石,昏了过去。去拿强力探照灯,它能穿透深坑里的雾状辉光。"

克雷格冲进球形地球探测车,拿来探照灯。他再次抓住巴德的双腿,而巴德趴在深坑的边缘,向四周晃动光柱。"汤姆!汤姆!"他拼尽全力地大喊。

这一次,巴德觉得他亲耳听到了回答!是的!汤姆在说话:

第二十一章 失踪的探险者

"我在！我没事！"声音隐隐约约。

巴德兴奋不已地告诉克雷格，然后喊道："汤姆，你在哪里？"

"就在你所在位置的下面。"汤姆答道。

巴德集中探照灯光束，他的眼睛渐渐能透过薄雾看到东西了：汤姆离他约四五米，在一处湿滑的十厘米大小的岩架上。年轻的发明家正死死抱着一块突出的小岩石。

"坚持住！"巴德喊，"我去拿绳子！"

"快点！"汤姆说，"离满潮不到二十分钟了！"

巴德和克雷格猛地冲向球形地球探测车。他们希望有时间扩宽入口，这样就能轻而易举地把探测车沿着绳索下去营救汤姆。但现在不可能这样。

他们从设备箱取出用惰强漆处理过的金属绳索，把一头固定在起重机上，并在入口处放置一个木箱子来避免绳索与坚硬的岩石产生摩擦。

巴德把绳索放到深坑里，当绳索到达汤姆所在的位置时，汤姆试着抓住绳子，但那样做，他不得不松开紧抓岩石的手。

"我得跳起来抓住绳子！"汤姆说。

"别那样做！"巴德恳求道，"你可能失手。我下来救你！"

巴德很快将绳索拉上来，做了个绳套，把它拴在自己的两肩之下，并留出绳子一头让汤姆使用。克雷格紧张地望着，巴德沿着深坑边缘把自己放了下去，摇晃着接近汤姆。巴德在狭窄的岩架上找到了落脚点，并在汤姆身上系了个结。他们一离开岩壁，绳索就因为重力而拉紧了。

"快把我们拉上去！"巴德对克雷格喊。

克雷格一人之力没法拉起他们二人，于是他跳进球形地球探测车，发动引擎。车子往后倒，慢慢地悬吊起两人。

到达岩壁边缘时，他们快速爬过入口。

汤姆和巴德解开绳索，爬进驾驶舱，只享受了片刻团聚的欣喜，就必须匆忙驶离。

"我们还剩不到十分钟！"克雷格看着时钟大声说道，然后加速前行。

"现在我们到出口了！"巴德欣慰地说，"离满潮还剩三分钟！"

车子驶离了洞口，开到阳光下，车上的人环视四周，找寻守卫洞穴的另外三人。不一会儿，乔从山腰跑下来，克雷格打开舱门，拉了一把乔，让他进入车内。

"汉森和霍华德在哪儿？"汤姆赶紧问。

"他们刚刚匆匆离开了。"这位厨子答道，"汉森看到一个白人和当地人在洞穴周围鬼鬼祟祟，便跟踪那两个家伙去了，离开前说他会去'蓝天女王'跟我们汇合。"

克雷格调转方向开往营地，汤姆他们都在好奇那个白人是谁，土著来自哪个部落。

与此同时，汉森和霍华德拖着笨重的外套和靴子，尽最大的努力疾步跟踪那两个可疑之人。这场追逐把他们引入一片森林。

土著健步如飞，又对丛林了如指掌，很快便甩掉了跟踪他的人。然而那个白人却没那么聪明，不一会儿，汉森将他困在了小

第二十一章 失踪的探险者

沼泽里。

当认出被跟踪的人时，汉森大吃一惊。"你是伯吉斯！"他惊呼。

"没错！"伯吉斯盯着他们的外套，怒气冲冲地说。

霍华德指责道："你根本就不是什么猎人！你是探子！"

"闭嘴！不然我要动手了！"高个子男人怒吼。

汉森轻推了一下他的同伴，让他保持冷静，然后对伯吉斯说："你当时在圣山附近做什么？"

"我在找我的一支枪！"伯吉斯厉声答道，"不管怎样，我做什么是我的事！"

"当我看到你时，你确实是急忙跑去藏起来。"汉森反驳。

"在这个丛林里，当然要小心行事，"伯吉斯辩解道，"而且我怎么知道那副奇怪装扮下的你们是谁？我只是不想惹上麻烦。"

汉森并没有向他解释外套和头盔的事，而是想到汤姆忘记问这个猎人住在哪里了，于是问："你们有个营地？"

"当然！"伯吉斯答道。

"我们想去看看，"汉森说，"你介意我们跟你一起去吗？"

"我不能允许你们去。"伯吉斯直截了当地说。

"为什么不能？"

"我们有一位猎人染上了十分危险的病，"伯吉斯回答，"你们的处境会很危险。事实上，我可能也染上这种病了，你们甚至不应该跟我说话。"

第二十一章 失踪的探险者

霍华德相信了伯吉斯所说的，面露不安。他坚持要和汉森返回"蓝天女王"，汉森同意了。他们告别伯吉斯，转身离开，双方朝着相反的方向各自离去。

然而猎人一离开他们的视线，汉森就说："霍华德，那个家伙说的我一个字都不相信。我们跟着他，去他的营地。"

二人轻松发现了猎人的足迹，但他们在灌木丛和林地间穿行了一个小时，仍没到达营地。

"你说伯吉斯会不会是在骗我们，"霍华德说，"带着我们绕圈子。"

"也许是，"汉森说，"但这样会消耗他的体力。"

最后，伯吉斯带他们来到山前一处空地。当他走到空地上时，两人停下了，以免被人看见。

"怎么会呢，这里可是圣山禁地！"汉森惊异地说，"我们现在离出发追踪伯吉斯的位置不远了！"

"你说，他到底去哪儿了？"霍华德突然问。

猎人竟然在他们眼皮底下消失了！

"他一定是躲起来了，"汉森说，"但躲哪儿去了？"

汉森和他的同伴急忙穿过空地，仔细察看了这片区域，但没有发现伯吉斯留下的任何痕迹。

"或许他在洞里！"霍华德猜测道。

"如果他去了那里，"汉森答道，"他会有生命危险。他没有穿防护服！"

搜索的两人来到洞口处时，发现乔离开了，想必他已经和汤姆他们回到了飞行实验室。

汉森走到洞口，打开头盔的送话口，大喊："伯吉斯！快出来！辐射会让你有生命危险！"

尽管汉森重复警告了好几遍，仍没有任何回音，伯吉斯也没有出现。

"我们走吧！"霍华德催促道，"回到营地还很远，我可不想天黑后在丛林里被人捉住。"

汉森提议他们走另一条路返回"蓝天女王"，不走球形地球探测车的路线，因为敌人可能在那条路上伏击他们。

"我们绕开这座山约一千米，然后回营地。"汉森建议。

"远离这座山会让我很高兴的，这样我们可以脱掉这笨重的外套。"他们一边走霍华德一边说，"我基本上都半熟了！"

也就在这时，汤姆和同伴们回到了"蓝天女王"，辛普森医生给汤姆做了详细的检查。他把汤姆的肩胛骨小小处理了一下，便让受伤的胳膊复位了。另外，年轻科学家的右眼处有个伤口，是当时头盔挤压导致的。汤姆此次摔落，只伤到了这两个地方。

乔准备了一顿丰盛的大餐供大家享用，吃完饭，汤姆表达了对汉森和霍华德的担忧。"或许我们应该回山里去找他们，"他说，"巴德，我们走！"

球形地球探测车再一次踏上去圣山的道路，但没有找到失踪的人。男孩们回到了营地，几个小时过去了，太阳落山了。

"我有种不好的预感，"汤姆对其他人说，"汉森和霍华德可能已经被捉住了。"

第二十二章 求救信号

"快走!"汤姆对巴德大喊。

"去哪儿?"

"我们要再去找汉森和霍华德!"

"我准备好了!"巴德说,"但晚上找到他们的希望不大。"

"我们得试一试。"汤姆宣布,"我们开直升机四处看看。"

男孩们冲向"蓝天女王"的飞机库,放下斜坡,然后滑出那架小直升机。

汤姆爬到驾驶位后面,巴德挨着他坐下。飞行员给发动机短暂热身后,启动了转子叶片。

"你准备去那座山附近找吗?"巴德问。

"我会在丛林方圆八千米的上空搜寻。"汤姆回答,"如果可能的话,汉森和霍华德会用他们随身携带的手电筒给我们发出信号。"

汤姆将节流阀侧着向前移动,螺旋桨越转越快,飞机升到空中。片刻后,他和巴德飞到树顶上空。

没有月亮的天空下，地面像张绵延的灰暗毯子。由于视线昏暗不清，汤姆发现很难保持平稳并飞成一条直线，他不得不一直参看飞行仪器。

巴德盯着下面的黑色地面，突然注意到微微燃烧着的篝火，紧接着他意识到这是友好的玛巴维基部落的村庄。他们绕着更大的圆圈飞行，但没有看到地面上的任何痕迹或者信号。半小时后，巴德看到了更多火堆。

"又是一个村子。"他说。

汤姆查看了位置。"可能是欧纳利斯人的村子。我在想汉森和霍华德有没有可能在那里。"这位飞行员咬紧牙关说，"要找到答案只有这一个方法了！"

"我知道你想说什么，"巴德猜测，"你打算在那里降落。"

"不完全是。"汤姆说，"我们可以低低地在营地上空盘旋。这样也许能吓跑那些土著，然后我们可以下去看看。"

"那些欧纳利斯战士是相当危险的家伙。"巴德警告说，"假如他们又用长矛呢？这种武器虽然原始，但杀伤力强！"

"我们要尽量保持在长矛投掷范围之外的上空。"汤姆一脸苦笑地告诉他。

离村子还有两千米，他注视着转弯倾斜测试仪，然后晃动滑行船转了个大弯。当直升机再次平稳地直线航行时，他们直接飞到了欧纳利斯营地的上空。

汤姆在那一地区上空盘旋，土著人的任何武器都够不着他们，但他们能在篝火的火光中辨认出奔跑的人影。

第二十二章 求救信号

"这些土著非常激动!"巴德陈述道。

"他们肯定已经听到引擎的声音了。"汤姆说。

两个男孩研究了一会儿营地,同时眼睛十分警觉地搜寻来自汉森和霍华德的任何信号。他们什么也没看到,汤姆深吸了一口气说:"我准备降得更低。"

正在这时,巴德瞥了眼远处,一束光刺破黑暗,从东北方射来,他喊到:"等等,汤姆!看那边!"

飞行员凝视着他朋友所指的地方,一束微弱的光在下面的黑暗中闪烁。

"滴,滴,滴!……哒,哒,哒!……滴,滴,滴!"汤姆一边看一边报出这样一串音节。

"这是SOS!"汤姆喊道。

他让直升机加速前行,直接在信号上空盘旋,灯光仍然在闪烁,显然是从树顶上射来的。接着,这种来自摩斯电码的点和线不只是求救信号了,它们在拼写单词。巴德激动地将信息翻译过来。

汉森……霍华德……活着……救我们!

"我的回答是'好的'。"汤姆宽慰地大叫。

他不能将直升机停在树林里,但又想照亮那个地区,于是他投了颗照明弹。照明弹在那片地区投射出强烈的光芒,汉森在一棵猴面包树下站着,而霍华德则攀在树干上。

巴德解开绳梯,从侧门放下去。绳梯触到地面时,两个人抓着它爬了上来。很快,汉森和霍华德拿着他们的防辐射服,安全地坐在直升机里。

他们为这次营救连声道谢，接着汉森补充道："我们很高兴能见到你们！我可不想在丛林里过一夜，还有欧纳利斯人在眼皮底下。"

"发生了什么事？"汤姆问。

"我们迷路了。"汉森不好意思地承认，然后讲述了他们碰到伯吉斯和土著的事情。

汤姆对那个猎人在洞口附近消失的事很感兴趣。难道他知道另一个通往那个裂缝的地下通道吗？

"迷路也没那么糟，"汉森继续说，"那个和伯吉斯一伙的土著看到我们在村子附近。我们觉得他是欧纳利斯族人，会让他们族的战士来追捕我们。果然，他就这么干了。"

"那时，我们就爬上树藏了起来。"霍华德补充说，"天啊，我这会儿比二十分钟前高兴百倍！"

汤姆对形势感到极为不安。伯吉斯和那个残忍的部落结盟了！这么做的意义是什么？

直升机回到营地时，"蓝天女王"上的人都冲出来迎接，他们知道救出了汉森和霍华德时才放了心。乔为每个人准备了一点晚餐，吃饭期间，汤姆问克雷格知不知道伯吉斯是怎么成为欧纳利斯族人的朋友的。

"我想到了一种方法。"飞行员说，"可能他让土著相信他是神！"

巴德哼了一声。"我们才是业内的真神。"他咧嘴笑着说，"我们为什么不用同样的方法让欧纳利斯人站在我们这边？"

"现在这时候，"克雷格回答，"伯吉斯可能已经让整个部落仇视我们了。如果伯吉斯和霍普林与卡梅伦结盟了,那两人无疑也是欧纳利斯人的朋友了。"

"真正让我为难的是,"汤姆皱着眉说,"这三个混蛋到底想要什么。"

"你觉得他们的大本营可能在洞穴周围吗?"辛普森医生问。

"我开始有这个想法了,"汤姆回答。他转向巴德说:"早上开直升机去圣山,搜查每一厘米土地,寻找营地的踪迹。对于地上隐藏起来的飞机也留点神。"

克雷格进一步建议说玛巴维基人也许能帮助他们。通过那个部落出色的侦察系统,马库哈的部下可能知道欧纳利斯人的一举一动。

"我不能亲自去,因为我到过那座山附近。实际上,我们中的大多数都去过了,而且我们对族长承诺过如果我们去了禁忌之地,就不再踏足村子。"

乔突然咧嘴大笑。"但是没有规定不能和村里人在他们营地外的树林里见面吧。"厨子说,"我约好早上要去山里采草药。"

"太好了!"汤姆说,"这个任务就交给你了。尽你所能地打听消息吧。"

乔自豪地挺起胸膛:"尝尝我侦探靴的厉害,我就要化身侦探了!"

早上,乔穿过树林出发了,巴德和斯特林也乘直升机飞到了空中。汤姆找到克雷格,他急着在满潮前继续在核火洞穴里工作，因此需要这位飞行员的帮助。

"我们的首要任务，"他说，"就是扩大岩壁上的开口，让球形地球探测车可以在里面抛锚。"

"我准备好了。"克雷格说，"但是谁在入口守着呢？我们不能把每个人都带走，这样"蓝天女王"就没人保护了。"

"没错。"汤姆说，"我忘了。"

他思考了一会儿："我组装一个电子眼放在入口处，我们开进去的时候，我会把一根细缆绳和一个报警器安在车子后面，用来报警应该足够了。"

霍华德陪着他们俩开着球形地球探测车向那座山进发。接下来的一小时内，他们一直在用土地爆破器钻孔，岩壁上的开口越来越大。

终于，汤姆喊停，并检查了一下岩壁。让他失望的是，他的手碰了碰洞口边缘就把岩石弄碎了。"我无法理解，"他说，"这岩石看起来很坚硬，在实验室里，根本不容易弄碎。"

他又花了些时间来研究这个问题。突然，他打了个响指："我想我知道答案了！"

"是什么？"克雷格问。

"球形地球探测车的振动和岩石的振动频率重合，发生了共振。结果，它就碎了。"

克雷格皱起眉头。"球形地球探测车作用于起重机的巨大力量会带来更多麻烦。"他说，"整片墙都可能碎掉。用它来探索这个深坑会很危险。"

"那能怎么办？"霍华德问。

第二十二章 求救信号

"有种方法或许可以。"汤姆回答,"我能在车子后部做一些锚,让它们深深扎进洞底,不可能被拉上来——起码我设计的这些不会。我们在这里继续钻半个小时应该就够了,然后我们回飞行实验室。我想尽快开始做这些锚。"

工作时,汤姆一直在想乔和巴德的任务进行得如何了。

与此同时,巴德正驾着直升机在附近低空飞行。斯特林坐在他旁边,用双目望远镜向下看。从高处看,他没发现任何可疑之处。

"霍普林和他的同伙一定是囊地鼠,钻到地下去了。"巴德最后说,"我们知道他们就藏在这附近,但是究竟在哪儿呢?"

"他们可能伪装工作做得很好。"斯特林回答,此时飞机正飞过森林的边缘,离那座山不到一千米。"要在丛林里藏一个营地或者一架飞机让空中的人看不到不是什么难事。比如——"他透过望远镜往前看,突然停顿了一下。"巴德,"他大喊,"那里有架没有遮掩起来的飞机!一部分被叶子盖住了,剩下的地方漆成了绿色和褐色。它正在起飞!"

"在哪?"巴德激动地问。

"就在那里,下面!两点钟方向!"

"我们要弄明白飞行员是谁。"巴德说,"这架双引擎飞机和霍普林那架一样。"

他让直升机飞低一些,但现在那架飞机正在空地上加速前行,很快就起飞了。

"我们跟不上他了!"巴德失望地皱起眉头说,"靠我们这辆公共汽车似的直升机永远都追不上他。"

那架飞机的飞行员操纵飞机来了个向上攀升的急转弯。让巴德和斯特林吃惊的是，这架神秘的飞机在离他们很近的地方飞驰而过，但飞行员却举起一只手盖住脸不让他们看到。

"他想知道我们是谁，"巴德说，"但不想让我们认出他。"

斯特林脸色苍白。"你看到飞机机头上的东西了吗？"他喊道，"火箭弹发射台！空战用的也是这个型号！难道它要袭击我们吗？"

第二十三章 土著袭击

巴德将直升机快速地向下推。这个策略很有效，袭击的飞机在第二次经过直升机时射击了，但是射击点在它头顶。直升机在树顶盘旋，以免被从下方袭击。

"我们快点降落吧。"斯特林祈求道，"跑去藏起来。"

"没用的，"巴德反驳道，"那样我们就真的坐以待毙了！我们对付那个飞行员唯一的机会就是用策略取胜！"

飞机摇摇晃晃又转了一个弯。巴德因即将到来的防守动作而紧张万分，他的手紧紧握住控制柄。由于滑行船缺少飞机的可操作性，所以巴德的敌人有很大的优势。

袭击者飞得更近，准备给他们迎头痛击。巴德等待着，在最后时刻，他将直升机滑向一边。

同时，一个光点突然从机头射出。刹那之后，一个小型爆炸火箭弹向滑行船飞来，差几米就打中它了！尾气形成的涡流让直升机失去了控制。

火箭弹掉下去，在丛林里爆炸了，一些树和岩石冲向天空。

"希望没人受伤。"斯特林说，"那个飞行员就像他们过来的方式一样冷酷无情。"

他们的敌人现在采取了一种新的策略,从后面攻击直升机。巴德操作直升机紧跟着它转弯。袭击的飞行员试着跟着直升机转圈,但是这个方法对他来说太近身了,他的飞机差点加速失速。

他又两次试着采取这个策略,但每次他都得努力和飞机抗衡,让它不至于疯狂旋转落到丛林里。

"那个家伙还没有掌握真正的战斗技能,"巴德说,"否则他早就向我们俯冲过来射击了。"

"谢天谢地他没有,"斯特林回答,"他已经够危险了。"

攻击仍在继续,但巴德有信心能用智慧打败敌人。最后,在敌方飞行员没完成旋转就抢时间飞出去自救时,他飞快开动直升机,陡地向上攀升,然后飞离。

"哇!"斯特林擦着脸上的汗说,"当时我都以为我们死定了!巴德,你驾驶杆和脚蹬的操作技术真是太棒了!"

"多谢,伙计。"这位还在颤抖的年轻飞行员回答,现在危急时刻已经过去。"我们最好飞回'蓝天女王'!"他建议,"如果那个飞行员还有火箭弹,他可能想要报复,去我们营地投掷火箭弹!"

幸运的是,巴德和斯特林欣慰地发现营地没有受到袭击,那架神秘的飞机甚至没有从上空飞过。

当汤姆、克雷格和霍华德回来时,巴德把袭击事件告诉了汤姆。年轻发明家对巴德和斯特林露出亲切的表情。"谢天谢地你们活着!"接着他愤怒地补充道,"我确定那个飞行员就是霍普林。他和他的同伙在开始发射火箭弹时就已经做得太过火了!我们必须阻止他们!"

第二十三章 土著袭击

汤姆去了"蓝天女王"的无线电舱,打开大功率短波装置。几分钟后他就在和爸爸对话了。

"能有你的消息真是太高兴了,汤姆。"斯威夫特先生的声音劈劈啪啪地从听筒那端传来,"事情进展得怎么样了?"

汤姆把消息告诉了他,最后说了巴德和斯特林下午的经历。斯威夫特先生说他会亲自联系汤姆所在国家当局,他宣布:"必要的时候我会和他们政府交涉!"

在提醒汤姆保持高度警惕后,年长科学家道了再见,汤姆关掉无线电装置。他去休息室喝冰柠檬饮料时,其他人也在那里,克雷格说:"乔还没回来。"

"他的侦探工作需要的时间可能比预想的长。"汤姆回答。

"如果我对乔还算了解,"巴德开腔,"他正向他的玛巴维基族朋友介绍一些家乡风味的菜肴呢。"

第二天早上,汉森和斯特林帮助汤姆为球形地球探测车做了一些更大的锚,用伸缩栓固定好。经测试,这些锚很奏效,汤姆很满意,在球形地球探测车后安装了一些。

查阅完他的潮汐时间表后,年轻发明家准备好再一次向圣山进发,去测试已准备就绪的锚。

巴德、克雷格和霍华德陪着他。探险者们来到洞前时,克雷格自告奋勇在入口站岗,尽管还有报警系统,但有了他就是双重保障。

"我会是额外的预防措施。"他敦促道。

"好。"汤姆同意了。

汤姆开着球形地球探测车去了岩壁曾经所在的地方,在经过昨天钻出的开口时，他慢慢减缓了速度。

"慢慢来！"巴德建议，"那个坑很深！"

汤姆往深坑边缘开去，直到不敢开的时候才停了下来，然后把锚丢到洞穴底部。

"希望它能奏效。"他施加了点前进的动力说。

锚牢牢地扎在地下！

巴德拍了拍他朋友的背："干得漂亮，汤姆！但刚才几分钟让我老了十岁！"

汤姆咯咯笑。"等你和我下到深坑里了，"他说，"你会觉得过了一百年。"

汤姆卸下锚，让他们深埋在岩石繁多的谷底。"等我们回来探索这个深坑，"他说，"我可以轻而易举地将它们重新放回球形地球探测车。"

"我们什么时候下去？"巴德询问。

"希望是明天。"

探险者们开始往洞外走。他们出现在洞口时，看到克雷格在站岗。他看起来很担忧，做手势让其他人迅速从车里出来。

"怎么了？"他们爬出来时汤姆问。

"我听到丛林里有尖叫声。"

毫无疑问，发生了激烈的骚乱。突然，灌木丛里出现了一幅奇异的景象。

乔抓着一匹斑马的鬃毛飞驰而来！

"快逃命！"德克萨斯人看到他的朋友们时尖叫道。

大家以为他怕撞倒他们，于是都认真地注视着他，并捧腹大笑。显然，对乔来说，对付一匹斑马比对付野马简单多了！

斑马突然停下，厨子被扔到地上。那个生灵挣脱束缚跑走了，乔的朋友们跑去帮助他。

"那个动物有他自己的思想。"汤姆一边走近乔一边说，"但是你从哪儿——"他突然停下来。

汤姆发现自己处于一个意想不到的恐怖局面，现在他明白了乔大声警告的真正含义了。周围的丛林似乎布满了欧纳利斯族的战士！他们脸上画着奇异的白色图案，每个土著都拿着盾牌和长矛。

"咿呀！依库姆！咿呀！"他们尖叫道。

好几秒内，汤姆只感觉一片麻木，接着他镇定下来，命令乔和其他人跑到球形地球探测车里躲起来。年轻发明家再看了一眼那些土著，接着转身跟上他的朋友们。

尽管他用尽全力奔跑，还是为那一眼的耽误付出了昂贵的代价。两个欧纳利族战士从灌木丛侧面跳出来，挡住了他逃跑的去路。

一个土著扔出他的长矛，汤姆侧身避开了，长矛扎进他旁边的柔软泥土里。汤姆一阵慌乱："我能去哪儿呢？"

他决定去森林里。他猛地冲进灌木丛里他能找到的最浓密的地方，两个战士追着他但跑不过他。

年轻发明家迅速躺在地上完全保持不动。两个追着他的欧纳利人闯进了灌木丛，用他们的长矛刺向树丛。

汤姆看不到那两个人，但可以听到他们在互相说话，声音含糊。最后，他们分头继续搜寻。

在远处，汤姆可以察觉到近身肉搏而产生的噪声和骚乱，显然他的朋友们开始了真正的搏斗。"我必须回去帮他们！"汤姆下定决心。

然而，他进退维谷的处境显得更性命攸关了。一个战士离他越来越近！他应该等一下还是跑掉？听起来追捕他的人离他只有几米了，但汤姆仍然瞥不到那个欧纳利人。

"不行！"汤姆决定，"逃跑不是办法！我和球形地球探测车之间有太多土著了！"

那个欧纳利人走得非常近了，汤姆可以看见他的双腿。幸运的是，灌木丛上面很茂密，土著没有看到年轻的发明家。

"我必须快速行动！"汤姆对自己说，"那个家伙随时可能用长矛刺过来！"

汤姆意识到他唯一的机会就是趁那个欧纳利人不备抓住他，他全身紧绷，准备快速行动。

汤姆背朝地滚了一圈，用一只脚钩住了战士的脚踝，加上另一只脚，他朝土著的膝盖狠狠推了一把。

那个欧纳利人极度吃惊，摔在后面的地上。汤姆跳起来逃走，但那位战士抓住他的脚踝，拉住了他。

汤姆和他的对手都抓着对方的脚，面对面。土著人的头压向汤姆，汤姆立即明白过来摔跤是不可能的，但他回想到，土著不知道拳击。汤姆经常和巴德练拳击，这是他和扑过来的土著相比唯一的优势。

砰！一记左勾拳打在了土著的上腹部。那个欧纳利人正疼得直不起腰来，汤姆又一记上勾拳打在他的下颚。在干净漂亮的一击中，那个战士晃着倒在地上。

汤姆东倒西歪、跌跌撞撞地走出灌木丛。他环顾空地四周，所有的欧纳利人都离开了，但他的朋友们也不知去向。

"我必须找到巴德和其他人。"发明家对自己说。

待头脑和视线清楚了些后，他看到的场景让他一阵战栗，凉气直透脊背。球形地球探测车被用枯树枝和树皮掩盖起来，那些战士已经点火了。

汤姆注视着这恐怖的一幕，球形地球探测车消失在一片火海之中！

第二十四章　自然的馈赠

球形地球探测车会被摧毁的！

汤姆盯着燃烧的火团，一阵热浪向他袭来。火焰的温度越来越高！

汤姆如同从麻醉中刚刚苏醒一般，大脑飞速运转，"球形地球探测车是不会燃烧起来的！它本身就能抵御高温！"

他在担心车子受损的同时，喊道："巴德！克雷格！霍华德！"

"在这里。"一个虚弱的声音回应道，巴德跌跌撞撞地跑出熊熊大火。

汤姆冲过去扶住他，问道："你还好吧？"

"应该还好。"巴德低声说。他小心翼翼地摸着头，说："有人猛击了我一下，我刚想起来。"

男孩们四处找寻其他的同伴，后来找到了克雷格和霍华德，那两个人躺在不远处，不省人事。汤姆和巴德对他们进行了急救，很快他们就苏醒了。

克雷格说："这次袭击实在让我不解，因为我没想到还能有土著敢冒险进入这座山。"

第二十四章 自然的馈赠

"我猜测是霍普林和他的同伙,"汤姆说道,"而且这些坏蛋一定给了欧纳利人极其丰厚的大礼,让他们打破禁忌。"

突然他们意识到乔失踪了!于是在洞穴和森林里焦急地寻找着,大声呼喊乔的名字,却没有乔的任何回应。

克雷格说:"我最后见到乔时,他拿着他的高跟靴子朝那些土著挥舞着,像拿着一根棒子。欧纳利人从四面八方包围了他。"

"那些土著一定捉住了乔。"霍华德大胆猜测。

"为什么他们单单俘虏乔而放过我们呢?"克雷格疑惑不解。

"乔或许已经骑着那匹斑马逃走了。"巴德说。随后他看了一眼手表,又说:"我们得赶紧离开这里,气体马上要喷发了!"

汤姆点点头:"我们先回"蓝天女王"。如果乔一时半会儿没回来,我们会给他们来个突击拜访。"

堆在球形地球探测车上的树枝树皮都燃尽了。除了几处细小的烧焦的痕迹,车身并未受损。

于是他们爬进驾驶室,返回营地。令他们吃惊的是,飞行实验室也遭到了土著的武装袭击。然而幸运的是,辛普森医生和其他成员并未受伤,飞行器也没有任何明显的损坏。

"显然,霍普林竭尽全力想把我们赶走。"汤姆说。

巴德咆哮着说:"我想说他做不到!但是如果你们问我会怎么做,我更愿意去对付那些土著和开着能发射火箭弹的飞机的家伙。"

一个多小时过去了,乔还没回来。

"我准备组织一个营救团！"汤姆宣布道，"如果乔在欧纳利人手里，我必定让他们交出乔。"

就在此时，汤姆听到"蓝天女王"外传来呼喊声，马上冲到窗户边查看是谁。向营地疾驰而来的是一匹斑马，马背上那个胖乎乎的人正是乔！

汤姆跑出去迎接他，说："看到你回来，我真是太高兴了。你之前去哪儿了？"

"看看我的手段，"乔喊道，"这匹小斑马在我把它累垮前带我跑遍了非洲大地。"

汤姆急忙说："快告诉我们发生了什么。"

乔说这匹斑马原本属于他的玛巴维基朋友，他的朋友捕获了它，希望把它驯化成坐骑。

"但他在驯化方面毫无进展，"乔说，"于是我就用德克萨斯式驯化法将这匹斑马驯服。幸好那些狂野的土著出现的时候我正跨坐在马背上。"他轻轻拍了拍马，又说："我们当然跑得很快！"

"欧纳利人袭击我们之后，发生了什么？"汤姆又问。

"呃，"乔回答道，"我再次抓住马骑了上去，我想它开始喜欢我了。但我尝试引导它跑向营地寻求帮助时，它却朝相反的方向飞驰而去。我花了一个多小时才让它冷静下来。"

其他人都笑了，汤姆说："我们还以为你被土著俘虏了！"

厨子看起来很受伤："要想捉到我，起码得有不少于一个部落的掷矛兵！"

第二十四章 自然的馈赠

汤姆问厨子是否顺利获得了他想打探的消息。

乔的眼神被热情点亮："我当然做到了！一会儿你就会知道我发现的消息。"

乔说他认识了一个玛巴维基人，他在欧纳利部落当间谍："他说欧纳利部落的首领们正与一群白人合谋共事。"

"我们的猜测是对的！"克雷格打断他说。

汤姆问："那个土著人知不知道其中任何白人的名字？"

"不知道，"乔答道，"但是他很细致地描述了那些家伙。其中一个是伯吉斯，另外两个，我赌一匹野马，肯定是霍普林和卡梅伦。"

"那他知道霍普林和其他人在非洲做什么吗？"汤姆继续问。

乔说他们在圣山的另一边进行采矿作业。

突然，厨子的表情变得凝重起来，他严肃地说道："汤姆，那些白人家伙发誓让你不会活着离开非洲！"

"他们的意图已经非常明显了！"巴德说。

"还有呢！"乔继续说，"那些欧纳利人不会再等了，他们计划立即把我们所有人除掉！"

"天哪！"巴德惊呼。

辛普森医生对此并未做出任何回应，而是问乔欧纳利人是否帮助他们采矿。

"我估计是！"乔回答。

辛普森医生沉思着。"我突然想到很糟糕的一点。我不确定那帮人有没有穿防辐射外衣。如果没有,大自然会给他们所有人带来可怕的命运!"

这一想法让所有探险队队员清醒起来,但目前他们觉得敌人只要一有机会,就会袭击他们。因此,汤姆制定了轮流守卫的计划。汤姆自己不当值的时候,就为大型实验做准备:他给球形地球探测车配备了外部防护,每一个小配件都被重新刷上惰强漆涂层。然后,他又在球形舱底安装了一个挖掘装置。

"看起来十分复杂!"克雷格说。

"我希望它在洞穴能和在实验室里一样奏效。"汤姆满怀希望地说。

"这是什么东西?"克雷格问。

"我叫它超音速钻,"年轻的发明家回答,"这个装置能产生超声波。声波会使物质里的分子剧烈震动,最后使物体分解为细微粉尘。我能钻透瞄准的绝大多数物体。"

"我相信你的话!"克雷格笑着说,"但是告诉我一点,这个东西跟爆破器比起来有什么优点?"

"我能十分精确地给超音速钻的波束定向。"汤姆回答,"另外,我打算在深坑里使用它,在那儿既不会产生摩擦力,也不会出现爆炸,而用爆破器则有可能。"

"你是想在深坑底收集一些岩石样本吗?"克雷格吃惊地问。

"正是,"汤姆答道,"事实上,这正是我此行去核火洞的主要目的。"

第二天早上,汤姆和巴德、克雷格、汉森以及斯特林登上

第二十四章 自然的馈赠

球形地球探测车。其他人面色焦虑,跟他们挥手告别,祝他们好运。到洞口时,汤姆设好报警系统,然后继续往前开。尽管这次情况和先前差不多,一行人心里仍绷着一根弦。他们心里清楚,这次探险,比以往更加危险。

球形地球探测车到达深坑时,汤姆娴熟地开着它穿过入口,然后停在深坑边缘处。他们在崎岖的地面上下锚,固定住球形地球探测车的后部。

一群人开了个简短的讨论会。霍华德和斯特林被安排在他们常驻的固定起重机舱内,这样他们就能在球形舱无法正常运转时操作起重机。

"好了,"汤姆微笑着说,"伙伴们,安排就是这样!"然后他仔细端详了一下巴德和克雷格的脸,说:"如果你们谁想改变我探险的决定,就趁现在说吧!"

"如果我们不去,谁在你陷入困境时拉你一把呢?"巴德嘲笑说,试图掩饰他内心的不安。

"我才不会错失这个找寻金矿的好机会!"克雷格补充道。

随后三人爬进球形舱,汤姆坐在一排操纵杆和开关后面。首先,他将舱体和球形地球探测车的底盘分开,然后发动起重机,舱体在完全分离前震动了一会儿,最后在神秘的深坑上轻微摇晃着。

汤姆放下升降的缆绳。随着舱体缓缓下降,三个探险者眼神充满敬畏,望着这深坑里磷光闪烁的悬崖绝壁。多美的颜色!他们越往下,看到的色彩越明亮。

克雷格惊叹道:"这真是太壮观了!"

汤姆查看了他的深度探测器，说："我们现在大约位于地下九百米处。"

"我们要下到多深？"巴德问。

汤姆回答说："我想在距离坑底约三百米处停下，然后开始我的一个实验。"汤姆回答。

在地下一千两百米处，他查看了下降的情况，然后瞄了眼底下流动的河流。这条河在烈焰的映照下波光粼粼。

"我从没想到这世上还有这样的景象存在。"克雷格说，"实在是太奇妙了！"

"是的，"巴德赞同道，"但这条奔腾的河里不可能有任何东西。想想它在山下的什么地方消失，更不用说头上空间了！"

汤姆环顾机舱四周，把一只手放到巴德之前没注意到的特殊控制器上。

"你要用那个做什么？"巴德好奇地问。

"把安装在舱底的一个金属块放下去，"汤姆答道，"我想沿着河岸溅起一些水花。"

他们从窗户里看到金属块落入水中，一碰到水，水花四溅，落在崎岖多石的河岸上，立刻形成了一系列发出绿色亮光的云气。

"这就是气体！"巴德激动地喊道，"发光的气体！"

汤姆兴高采烈地下到深坑更低的地方，悬在离河面不到四十英尺处。"我要采集一些岩石样本了！"他兴奋地说，然后启动了超音速钻。

他小心谨慎地将细小的高能波束瞄准下方的岩层。粉碎一些

第二十四章 自然的馈赠

岩石后，汤姆关闭了光束。

这时他放下一个特殊的桶，桶的底部由两个叶片组成，这种蒸汽挖掘机样式的机器可由电控打开后挖取岩石样本。

年轻的科学家刚刚把桶升上来，球形舱就突然发生了倾斜。舱内的三人差点没站稳。

"巴德，"汤姆命令道，"透过头顶的舱门看看，检查绳索有没有问题！"

巴德爬上小梯子，向外张望着，他喊道："天哪！连着舱体的一根缆绳断了，还有一根正在断裂！"

汤姆惊慌失措地打开麦克风，麦克风连着球形舱和上面的车子。"汉森！斯特林！"他喊道。

然而没有任何回应。

"我们和他们失去联系了！"克雷格大声说。

汤姆不禁战栗："一定是通信缆绳断开了！"

机舱更加倾斜了。三位探险者你看看我，我看看你，阵阵恐惧袭来。在所有缆绳断掉前，他们能成功把自己从深坑里托举上去吗？

汤姆打开起重控制，却发现电力供应也中断了。他们此刻孤立无援！

汤姆·斯威夫特在核火洞穴

第二十五章　惊喜之胜

绝望的汤姆再次试了试通信设备，仍然没有汉森和斯特林的回应。

"他们被霍普林袭击了吗？"汤姆严肃地想，"难道那个魔鬼现在已经控制了这台设备？"

客舱处在一个十分危险的角度。汤姆把每一个控制机械又试了一遍，还是没人说话。他脑中冒出这样一个想法：实验产生的致命气体和缆绳发生了反应，也许连接缆绳的惰强漆涂料不够厚。

年轻科学家和他的朋友们希望越来越渺茫，突然，他们感到十分震惊。

"那里还有一条缆绳！"克雷格大喊。

"等等！"汤姆喊道，"看窗外！我们在上升！"

的确如此。球状客舱在吱吱嘎嘎地缓慢上升。

"汉森和斯特林干得漂亮！"汤姆低声说。

巴德非常安静。"我们的麻烦还没结束。"他说，"我们仍有一千两百米的路程而且缆绳少了一半！"

舱里的人紧张地等待着，度日如年。终于，客舱继续爬升，悬停在悬崖边缘的对面。起重器械慢慢四处摇晃，一会儿，客舱便稳稳地落在球形地球探测车的底盘上。

三个男孩满怀安慰和感激地互相拥抱。接着，他们爬出来时，看到汉森和斯特林正向他们跑来。

"你们没事！你们都在这里！"汉森宽慰地喊道。

他解释说他和斯特林害怕他们吊起客舱时，探险者中有人不在里面。

"我们试着联系你们，告诉你们我们这里的消息，但没有任何回应。接着我们发现一些缆绳断开了，所以急忙把你们拉起来。"

得救的三人表达了他们发自内心的感谢，然后汤姆补充道："你说你们有新消息？"

汉森和斯特林微笑着，其中那位制模师回答："过来看看驾驶舱。"

他们都急着前去看。地上紧紧绑着的人是伯吉斯！他狠狠看了一眼抓他的人，但没有说话。

"什么？怎么做到的？"克雷格喊道。

"伯吉斯玩了他最后一个花招。"斯特林解释说，"他带着定时炸弹来这儿，但没注意到我们入口处的报警系统。我们等着他呢！"

汤姆拍了拍抓捕伯吉斯的功臣的背。"干得漂亮！"他说，"现在要是我们能围捕霍普林和卡梅伦——"

在年轻发明家把球形地球探测车开回营地的路上，那个囚徒一个字也不肯说。到了"蓝天女王"，汤姆立即走到短波装置旁联系他的爸爸，让他通知当局伯吉斯的事情。

让他惊讶的是，电话那头是妈妈。"你爸爸已经动身去你们

那里了。"她说,"你很快就会见到他。这里发生了很多事情。哈伦·艾姆斯追踪到失踪的手稿在泰勒名下的保险箱里。霍普林准备把反质子的信息卖给外国势力,但一直没有机会运送,因为他和卡梅伦不得不急忙飞往非洲阻止你,以免你发现他们在那里的勾当。"

汤姆告诉她囚徒的事情,她建议她的儿子至少把囚徒在"蓝天女王"里关一天:"你爸爸那时会到,我确定。"

等待斯威夫特先生到来时,汤姆在实验室工作,想确定他从深坑底部获得的粉末状岩石样本的成分。几小时后,他得出了关于发光气体之谜的可靠结论。刚完成实验,乔就走进房间。汤姆告诉他自己已经知道了核火洞穴的秘密。

"能告诉我吗?"厨子问。

"当然,"汤姆微笑着说,"满潮时,水流经过铀矿和核反应催化剂的矿床。由水产生的质子促发了铀和其他原子在矿床上的反应,产生了爆元素。"

乔的表情十分困惑,后悔自己请他解释了。"请你用我的旧教科书吧。"他说,"比起说那些不懂的话,我宁愿跟着人群疯跑!"

此时,他们听到螺旋桨转动的声音,一架巨大的直升机降落在"蓝天女王"旁。汤姆、乔还有其他参与考察的人都冲了出去。

"爸爸!"汤姆激动地喊道。此时,斯威夫特先生正从机舱里出来。

"你好,儿子!"一个充满爱意的拥抱过后,他说:"我带来几个人,你看了一定会高兴。"

从直升机里走出来的是弗雷德里克·肖坡弗，当地的警官，他后面跟着三个戴着手铐的囚徒——两个白人一个非洲土著。

"霍普林和卡梅伦！"汤姆喊道。

"没错，"斯威夫特先生说，"还有欧纳利人的首领。他们坦白了一切。他们非法贩卖山里的矿藏。"

肖坡弗从口袋里拿出一个小的丝绸袋子，打开抽绳，在汤姆手上倒出一些大小各异的绿色宝石。他解释说，这些是这三个人被捕时从霍普林身上找到的。

"钻石。"斯威夫特先生说，"我怀疑山里的强辐射作用于这些钻石的原子结构，让它们变成了美丽的绿色。这里有丰富的矿藏！"

"那就是了！"汤姆大喊。他转向霍普林，说道："当你知道我准备到你做钻石买卖的地方考察时，就想尽一切办法来阻止我！"

"你甚至想用你的飞机发射火箭弹谋杀我们。"巴德控诉那个囚徒。

"我只是想吓吓你们，让你们离开。"霍普林回答。

他完全崩溃了，承认他计划组织一个大型钻石交易市场，将这种美丽的绿色珠宝在地下黑市进行交易，这样霍普林就能逃税漏税了。

当时，他和卡梅伦坐船去A国做一些必要安排，与此同时，克雷格也离开了。他们害怕他可能知道了一些他们的营生。

"在合法的钻石代理商知道我们的操作手法之前，"霍普林

坦白道,"我们本可以发一笔横财的。"

"你们最大的罪行,"斯威夫特先生开口说,"就是盗走反质子文件,还准备把它们出售给敌方外国势力。里面的信息可能导致整个世界的毁灭!"

白人罪犯们有点畏缩,但看起来仍旧目中无人。

"要怪就怪那些让我们去偷钻石的代理商!"霍普林反驳。

辛普森医生上前问了他们一个问题:"你们在山附近时穿了防辐射服吗?"

"没有。"卡梅伦回答,"我们不知道那里有辐射。"

"你们已经严重暴露在辐射里了,而且恐怕待得太频繁,时间太长。"医生告诉他们,"我们很快就能知道结果了。实验室里有测试仪。"

囚徒们被医生的话完全击溃了,因震惊而颤抖着,去接受检测。霍普林和卡梅伦被告知已经没救了时,发出恐怖的尖叫。他们被带走后,欧纳利族首领被安置在测试椅上。让每个人大吃一惊的是,辐射病检测结果呈阴性。

"真是令人震惊!"斯威夫特先生喊道,"你怎么解释,医生?"

乔前行几步。"我确信我有答案了。"他说,"草药!这里的丛林有各种各样奇异的植物。土著们经常食用其中一种。他们告诉我一个关于那种草药的奇谈,有那种草药,火山就不会对他们发怒,但也许这是真的!"

辛普森医生面露喜色。"乔,我相信你也许偶然做出了一个了不起的发现。我会和汤姆合作证明你的观点。但我倾向于认为你是对的,是那种草药让土著们免受山里辐射的作用。你知道,如果我们能注意到大自然给了我们什么,就会明白大自然是很仁慈的,永远制约着平衡。"

"这意味着,"巴德开口道,"某一天我们可以扔掉那些沉重的防护服,仅仅坐下来享用一顿著名医者乔准备的特制丛林大餐就可以防辐射吗?"他朝其他人眨了眨眼睛。"我不知道哪种情况更糟!"

三个囚徒乘直升机离开后,斯威夫特先生告诉其他人他和汤姆被邀请在山附近建造一个实验站,以便进一步研究。

汤姆微笑:"太好了!但如果我们开辟了革新原子能研究的新领域,功劳在你,克雷格。没有你,我们永远都不会听说这座魔法之山。"

稍后,汤姆和他的爸爸去实验室做实验。当天晚上,年轻发明家对他的朋友们宣布斯威夫特先生已经计算出一种新公式。

"只要二点五的千分之一大小的惰强漆,涂在任何物体上就能帮助它抵御强烈的宇宙射线。"他激动地说。

巴德咧嘴笑了,说:"太棒了,伙计!那也就意味着另一次太空之旅。我已经可以隐隐约约看到那次探险之旅了——《汤姆·斯威夫特登上幻影卫星》。"

"希望你说得对。"汤姆说,"这次让我们找到那些宇宙中从未谋面的朋友吧!"